LES ÉTRENNES

D'UN

BACHOTEUX.

LES ÉTRENNES

D'UN

BACHOTEUX,

COMPOSÉES DE TROIS HISTORIETTES EN CHANSONS;

Suivies de diverses poésies légères; en sorte qu'il y en ait pour tout le monde;

Par un JEUNE RIMEUX qui profite de l'occasion pour se faire connaitre.

A PARIS,

Chez les marchands de Nouveautés.

AN 1809.

PRÉFACE

ADRESSÉE AU LECTEUR.

———

Je vous offre des bachoteux
Qui font.. ce que l'on aime à faire ;
Amant heureux ou malheureux ,
Ensuite a ce qui peut lui plaire.
Ma muse m'ayant excité
A faire avec tous connaissance ,
Tâchez que la sévérité
Cède sa place à l'indulgence.

LES ÉTRENNES

D'UN BACHOTEUX.

LE CAQUET RABATTU.

AIR : *J'ons un curé patriote* , (du club des
bonnes gens).

Hier au bord d'la rivière
J'allions couper des roseaux,
V'là t'y pas qu'le fils d'gros Pierre
Vient s'moquer d'nous aux oiseaux ;
J'cherchions une ritournelle
Pour l'y rendre son paquet,
  Qu'à t'y fait ?   (*bis*).
Pour nous la bailler d'plus belle
  Il redoubla son caquet.

 Il avait son encolure,
Il s'était endimanché,
J'n'avions pas de belle coîffure
Nous qui r'venions du marché.

Sa comère l'écailleuse,
Vous l'empoignant au toupet,
    Nous le met   *(bis)*.
Au mitant d'une eau bourbeuse
    Pour rabattre son caquet.

Des pieds par-dessus la tête
S'voyant prope à not'façon,
Il s'fâche comme une bête.
Pour profiter de la leçon,
Il nous dit d'autres sottises
Que j'vous r'levons au gobet,
    Ç'a lui plait,   *(bis)*.
Voyant qu'sus nos mignardises
    J'laissons rouler son caquet.

V'là que Mathurine s'fâche.
De s'qui parle d'son amant;
Elle prétend qui rabache
Sus l'endroit et sus l'moment.
Je rions de sa mal'adresse,
Gros-Pierre tout satisfait
    Vous la fait   *(bis)*.
D'éloger avec vîtesse
    Pour éviter son caquet.

Il embouche sa comère,
Il vous la r'lève à son tour,
En se raillant d'la manière
Dont elle s'prend en amour;
Il lui désigne l'espèce,
Qu'elle reçoit en paquet,
  Satisfait   *(bis)*.
D'voir qu's'en lui changer sa pièce
  Elle évite son caquet.

J'restions seule avec mon homme,
J'étions prête à l'rembarer !
Mais il m'offre du rogome
Par c'mot je m'sens modérer.
On conçoit qu'à ce langage
Qui qu'ce soit ne me déplait,
  Dès qu'il fait   *(bis)*.
L'éloge de mon visage
  En approuvant mon caquet.

Moi qui suis une âme bonne,
Qui sais qu'Pierre est peu frileux,
J'le vois qui tremble et frissonne,
Je plains c'pauvre bachoteux;

A 5

'Au bas d'la berge voisine
Voyant son bateau tout prêt,
    Il m'y met,   (*bis*).
Sans qu'à part moi j'imagine
    Qu'il doublera son caquet.

EN se r'tirant d'chaque harde
Il veut m'faire d'beaux discours;
Contre lui j'me mets en garde
Pas'qui m'parle d'ses amours.
Là d'sus moi qui suis novice
N'me doutant pas de s'qu'il fait,
    Qu'il ne s'tait,   (*bis*).
Qu'espérant, par artifice,
    M'faire sentir son caquet.

J'M'APPERÇOIS ben qu'il arrache
Un morceau d'mon vêtement;
Pour me réparer c'te tache
J'n'avois rien là sus l'moment.
Il m'dît qu'habile en couture,
Tout ce qu'il lui faut est prêt;
    Il s'y met,   (*bis*).
Et je n'ai vû son imposture
    Qu'en r'connoissant son caquet.

Loin d'me rac'moder ma jupe
Il m'l'ouvre du haut en bas,
M'reconnoissant pour sa dupe,
Vous jugez d'mon embarras.
Voyant c'qu'il veut entreprendre,
J'lui détachons un souflet,
  Mais il fait   (*bis*).
Tant qu'il ne peut plus m'entendre
  Et qu'il cesse son caquet.

Perdant mes mots, d'cette sorte,
Et n'pouvant plus discourir,
Trois fois j'me trouvai com'morte,
N'me souciant pas trop d'mourir ;
Je r'gardai même gros Pierre
Qui me parut satisfait,
  Ce qui fait   (*bis*).
Que, des trois, c'est la dernière
  Qui rabattit son caquet.

LE BACHOTEUX BALOTTÉ.

AIR : *J'ai vu par-tout dans mes voyages.*

QU'MAUDIT soit d'la chienne d'galère
Ousque j'trouve tant d'embarras ;
J'n'y touche pas plutôt la terre
Que j'crains de descendre plus bas ;
Sus l'eau c'est ben une autre chose,
Du haut en bas j'suis cahotté ;
Aussi dans tout c'que j'me propose
J'me vois balottant balotté.　　　　　(*bis*)

J'NAVIGUAIS par-d'sus une rivière
Qu'était z'étroite et d'bon abord,
L'diable, s'plaisant à tout défaire,
Est v'nu l'élargir comme un port,
Dès qu'j'approche de cl'embouchure,
Où jadis j'n'étais cahotté,
Je trouve que malgré la nature
J'suis moins balottant qu'balotté.　　　　　(*bis*)

(13)

Du milant d'l'eau, près d'une rive,
J'voyais un marin d'ma façon,
Qui, pour arrêter une eau vive,
Montroit sa force et sa raison.
Souffrant de c'que l'courant m'entraîne,
De loin j'l'ai tant vu cahotté,
Qu'j'ai senti que j'perdais ma peine
Qu'j'étais balottant balotté. _   (*bis*)

A bord j'avais une fontaine
J'voyais ben que rien n'y restait,
J'désirais, pour qu'elle fut pleine
Y bouter un bon robinet ;
V'là que j'fais tant que j'vous l'engeance,
Mais l'roulis m'a tant cahotté,
Qu'j'ai perdu toute ma science
M'voyant balottant balotté.   (*bis*)

Sur les flots d'la mer j'm'abandonne,
J'me vois en bas, m'croyant en haut ;
La vague contre moi se donne
Et j'n'en sais pas couper le flot ;
En vain j'me tourne et j'me ratourne ;
Et j'me vois si mal cahotté,
Qu'tout l'tems qu'il faudra qu'j'y séjourne
J's'rai moins balottant qu'balotté.   (*bis*)

J'VOIS sur les flots une corvette
Qui m'paraît un friand morceau ;
J'vire d'bord, sur elle j'm'apprête
A trouver un plaisir nouveau.
Voulant monter à l'abordage ,
Comme j'dois être cahotté,
J'ai l'affront qu'mon grappin s'dégage ,
C'qui m'rend balottant , balotté.   (*bis*)

EN vrai corsaire , à l'aventure,
J'me fais loi d'un nouvel effort ,
M'faisant prendre par la mâture
Déjà j'me croyais à l'abord.
Pour être nargué j'prends d'la peine ,
C'te corvette m'voit cahotté ,
Et , quoiqu'j'enleve sa mizène ,
J'suis moins balottant qu'balotté.   (*bis*)

VOULANT remporter la victoire
J'tenais la voile d'une main ,
Et , pour mieux assurer ma gloire ,
De l'autre j'tenois le grappin.
Mais elle fait tant qu'elle vire
Dans l'moment où j'suis cahotté ;
Elle s'moqu'd'voir mon navire
Bien moins balottant qu'balotté.   (*bis*)

J'vois qui vient an-d'vant d'la **corvette**
Un grand vilain vaisseau râsé,
L'voyant arborer sa cornette,
J'me sens des plus mal avisé.
Comme j'me sauvais d'cette patte,
J'apperçois que j'suis cahotté,
Voyant qu'une grosse frégate
M'rend moins balottant que balotté.   (*bis*)

J'suis pris sans pouvoir me défendre,
Tant mon sort est mal-encontreux ;
Corsaire étant mauvais à prendre,
Je vois que j'deviens malheureux ;
J'parais n'avoir point de rancune,
Et j'crois être moins cahotté :
Mais, par suite d'mon infortune,
J'suis moins balottant qu'balotté.   (*bis*)

J'ai perdu toute ma jeunesse,
Et sans que j'découvre un bon port,
J'm'engage jusqu'à ma vieillesse
A ne jamais changer de bord.
N'est-ce pas ainsi qu'à la ronde
Chaque marin est cahotté ?
Trop heureux s'il est dans ce monde
Plus balottant que balotté.   (*bis*)

LE GYMNASE NOUVEAU.

AIR : *Une fille est un oiseau.*

MOI qui m'pique d'la mémoire,
J'me souviens ben qu'dans l'histoire
On vouloit qu'tous les maris
Fussent des gens ben appris ;
Qu'chacun, comme un diable à quatre,
Ne respire qu'pour combattre,
Afin d'savoir se débattre
Si l'on usurpait ses droits.
Comme j'aime cet usage
Avant qu'mon mari m'engage
Il en adopt'ra les loix.

DU prétendu qui s'présente,
Je crois que j'serai contente,
S'il est, ainsi qu'il le dit,
Fait pour être mon mari ;
J'sais qu'il est maître d'escrime,
S'il est adroit, je l'estime ;
S'il est faible, j'le suprime

Et j'men choisis un nouveau.
J'le vois, pour n'être pas veuve,
Il faut qu'je l'mette à l'épreuve,
J'ne l'jug'rai qu'après l'assaut.

COMME il sait la contrepointe,
A l'espadon je l'appointe ;
Il s'présente devant moi
En m'disant prends garde à toi ;
J'voulois jouer d'une feinte ,
Mais il s'moqu'd'moi sans crainte,
Et par lui, j'me trouve atteinte
Sans avoir l'tems d'me rasseoir ;
M'dépêchant de battre en r'traite
J'ai perdu la colerette
Qui tenait à mon mouchoir.

N'VOULANT plus être attrapée,
D'mon bras j'me fais une épée,
Pour savoir si mon galant,
Sous et'arme, a beaucoup de talent.
J'vous l'attaque en assurance,
Il feint d'perdre sa cont'nance
Et tout de suite il s'avance

Sans que j'me laisse entâmer ;
Satisfaite d'cette amorce ,
J'ai fait l'éloge d'sa force ,
Sans me laisser désarmer.

COMME j'sais le poids d'ma pogne ,
Pour avancer ma besogne ,
Et voir s'il n'est pas menteur ,
D'mon amant j'fais un lutteur ;
Dès qu'à son collet j'm'agraffe
Sous l'nez j'lui mets une paraphe ;
L'sentant vaincu par c't'estafe ,
Voyant que j'tappais trop fort ,
J'ai caressé sa moustache ,
Pour n'pas faire l'épitaphe
D'un défunt qui n'est pas mort.

REPRENANT la trémontade ,
Mon prétendant m'persuade
Pour le venger d'mon soufflet ,
D'l'éprouver au pistolet ;
Il a des balles , d'la poudre ,
Afin d'se mieux faire absoudre ,
Il dit qu'il sait en découdre

Com'les garçons de Paris ;
Qu'si j'le prends en mariage,
Il en gardera l'usage
Mieux qu'ne font tous les maris.

IL se choisit l'but sans peine,
Et sans aller s'mettre en plaine ,
Il prend la position
Qu'il faut pour cette action ;
En r'marquant ben sa surface,
J'm'apperçois qu'il a d'l'audace ,
Aussitôt qu'il m'voit en place
Il ajuste son mousquet ;
Je ne sais plus que lui dire ,
Voyant, qu'd'un seul coup qu'il tire,
Il ouvre l'noir que j'ai fuit.

IL double son entreprise ;
J'ne r'venais pas d'ma surprise ,
Qu'il avoit d'son pistolet
L'chien déjà mis en arrêt ;
Et j'le vois, sans qu'il s'efforce,
Brûler sa deuxième amorce
Afin d'me prouver sa force

Et d'm'en faire appercevoir ;
J'regrdais d'crainte qu'il n'mente
Et j'm'apperçois qu'il augmente
L'trou qu'il avait fait dans l'noir.

Pour mon prochain mariage,
J'lui promettais mon suffrage ,
En l'reconnaissant jaloux ,
D'être ainsi qu'les vieux époux.
C'est envain qu'la d'sus je jase ;
Il rentre dans le Gymnase
Et pour m'couper mon emphase
Par un fait plus surprenant.
En s'moquant de ma faiblesse
Il fait tant par son adresse
Qu'tout l'noir est devenu blanc.

J's a i s ben qui n'faut pas en France ,
Pour exciter la vaillance ,
Faire tapper les bourgeois
Comme on faisoit autrefois ;
Mais j'voudrais , pour l'mariage ,
Renouveller cet usage ,
Pour éprouver le courage

De messieurs nos favoris :
C'est même, j'ose le croire,
L'moyen d'doubler not'histoire,
En y mettant les maris.

MA JOURNÉE.

DE mon étoile infortunée
Aisément je change le cours ;
Dans mon lit, chaque matinée,
Je passe la moitié des jours ;
M'éveillant dès que midi sonne,
Ne voulant pas être ennuyé,
C'est avec moi que je raisonne,
Craignant d'être contrarié.
Tous les jours, pour quelques pistoles,
Je me rends chez un bon voisin
Qui joint à de sottes paroles
Un mêt passable et du bon vin.
Le sort de l'état m'inquiète ;
Voulant de tout un peu savoir,
On me présente une gazette,
J'y trouve et du blanc et du noir.

Savant comme j'étais la veille ,
N'ayant rien trouvé de nouveau ,
Je me procure une merveille
Dont la fabrique est mon cerveau.
Pour imiter chaque feuilliste,
Un petit maître, un grave auteur ,
De riens je compose une liste
Que j'ai soin d'apprendre par cœur.
Me trouvant muni de la sorte,
Pour m'amuser à leurs dépens ,
La seule chose qui m'importe
Est de savoir choisir mes gens.
Ma merveille sort de la lune ;
Pour qu'on puisse l'apprécier ,
Je quitte la classe commune
Et vais droit chez un financier ,
C'est là ! que je vais faire entendre
Un récit fort et très-plaisant ;
Mes pierres du ciel vont descendre
Elles ont vingt livres pesant ;
On me croit sans le moindre doute ,
Et même, sans attendre au soir ,
On parle de se mettre en route
Trouvant que la chose est à voir ;
Je dis qu'il faut dans ces campagnes ;

Attendre, avant d'y pénétrer,
Les châteaux et quelques montagnes
Qu'un jour on pourra nous montrer.
Mon conseil paraît assez sage.
Je sors ; je retrouve un ami
Qui m'annonce que mon nuage
Par le financier s'est grossi ;
Je me retiens pour ne pas rire
D'apprendre, que dans quelque tems,
Nous verrons pleuvoir un empire
Avec sujets et gouvernans.
De mon ami c'est la nouvelle.
Je donne la mienne à mon tour,
Et je lui tâte la cervelle
Pour voir ce qu'il pense en ce jour.
Je trouve sa protubérance,
Et sentant son peu de grosseur
Je lui prouve que l'ignorance
N'est pas sans avoir de douceur.
Il reconnaît à mon langage
Ce dont on ne convient jamais
Et me cache bien son visage
Redoutant de nouveaux essais.
Comme il me trouve un homme habile,
Il s'échappe rapidement

Pour publier l'art difficile
Dont il a vu l'enchantement ;
Persuadé que, sur nos têtes,
Le docteur peut sans embarras
Nous faire passer pour des bêtes
Dont il ne s'exceptera pas.
Je laisse partir mon galliste,
Ne pensant qu'à déterminer
D'après les bons mots de ma liste
Chez qui je dois aller dîner.
Mon choix tombe sur un notaire ;
Comme il a fini cinq contrats
Sa table contre l'ordinaire
Pour ce beau jour porte cinq plats ;
Exquis ! ah ! parfumant les bouches !
Et pour les six actes courants
Six hors-d'œuvres de bonnes couches
Relèvent ses mets succulents ;
Le dessert me paraissant triste,
Afin de le faire embellir,
De l'esprit porté sur ma liste,
J'ai le grand soin de me servir ;
La table reste dégarnie
Et, d'Henri quatre, le bon mot,
En ma faveur est la saillie

Que

Que l'on fait payer au caveau ;
Comme il manque des gourmandises,
Madame, écoutant mes douceurs,
S'acquitte par des friandises
Dont je délecte les saveurs.
De la table au salon je passe ;
Nous critiquons tous les acteurs ;
Et chacun de nous se délasse
Aux dépens des pauvres auteurs ;
On veut s'en prendre à ma personne,
Afin de parer ce danger
Mes hôtes qu'alors j'abandonne
Se trouvent forcés de changer,
Le seul plaisir que j'idolâtre
Me dirige en de nouveaux lieux :
Et, dès que j'arrive au théâtre,
Partout je promène mes yeux ;
Je ris de nos jeunes coquettes ;
J'indique tous les soupirans,
Je raille un fat portant lunettes,
Je sifle un censeur de vingt ans ;
Le soufleur, qu'un artiste gronde,
Me fait plaindre les gens de l'art ;
Je critique tout à la ronde
Jusqu'aux femmes portant du fard.

B

Delà, je vais chez ma maîtresse
Qui m'appelle son séducteur,
Tandis qu'à mes yeux, la traîtresse,
Cache un véritable trompeur ;
Vénus, dont elle offre l'image,
La sert pour vaincre les hasards,
Et, fils de Vulcain, je partage
Avec un noble enfant de Mars.
Enfin, suivant mon habitude,
Lecteur, je remonte chez moi
Accablé d'une lassitude ,
Dont je me repose sur toi :
T'écrivant sans le moindre doute
Que tu critiqueras mes vers,
Et qu'ainsi que moi sur la route
Tu rencontres mille travers ;
Surtout celui qui te fais dire
« Il croit en faire, il est content. »
Conviens sans craindre ma satire
Qu'il t'arrive d'en faire autant.

VOLAGE ET VOUS.

AIR *à volonté.*

SEXE léger, sexe volage,
Il faut des ailes près de vous,
Sans quoi la fortune volage
De nous s'enfuirait avec vous.
Si chacun de nous est volage
Il ne faut s'en prendre qu'à vous:
Pourrait-il, devenir volage
S'il ne se reposait sur vous ?

Vous dites notre amour volage,
Mais il est inspiré par vous;
Il ne peut être que volage
Si vous le modelez sur vous.
Je le crois : puisqu'il est volage,
C'est vous qui l'avez fait pour vous,
Certain que las d'être volage
Il se reposerait sur vous.

B 2

Je croyais n'être plus volage
Une fois fixé près de vous,
Mais le plaisir d'être volage
M'est encor commandé par vous,
S'il le faut je serai volage
Et je suis d'accord avec vous ;
Si las d'avoir été volage
Je puis me reposer sur vous.

QUELQUES J'AI VUS.

AIR :

J'ai vu des vertus au grand jour
Qui n'ont jamais vu la lumière ;
J'ai vu des femmes au retour
Prétendant ouvrir leur carrière ;
J'ai vu des amis sans façons
Dont l'amitié ne saurait naître,
Et j'ai vu prendre les leçons
Qu'un écolier donne à son maître.

J'AI vu des gens fort mal appris
Qui prétendent ne rien apprendre ;
J'ai vu du roi des favoris
Que sa faveur pourra suspendre,
J'ai vu des gens fort glorieux
Que jamais n'atteindra la gloire,
Et j'ai vu plus d'un fat heureux
D'un bonheur qu'il faisait accroire.

VERS FAITS POUR LE PRINCE CHARLES

LORS DE LA CAMPAGNE D'AUSTERLITZ.

PAR son talent, ses vertus, son courage
Il avoit droit d'espérer des succès ;
Avec plaisir, nous lui rendons hommage
Il a l'estime et l'amour des Français.
Pour regretter un peu moins la victoire,
Qu'il se souvienne en cette adversité,
Que le vaincu peut prétendre à la gloire
Quand le vainqueur a l'immortalité.

TOUT LE MONDE EST CONTENT.

CERTAIN gascon disait dans sa vieillesse
Du droit d'époux j'use à tous les momens.
Jeune étourdi, charmé par sa maîtresse,
Lui dit compère, ah ! sans doute, tu mens.
Je mens sendis, qu'elle erreur est la votre !
Je sais fort bien que Florval et Valois,
Gercour, vous-même et peut-être quelqu'autre
Sont mes rivaux, tous heureux à la fois ;
En bon mari je n'ai point de rancune,
Cédant mes droits, j'use de mon pouvoir ;
Je vous délaisse une femme importune,
Qui m'ennuyait du plaisir de la voir.
Soyez heureux sans craindre ma présence ;
Sur mon domaine, habitez un instant ;
Il est énorme ! Ennemi de l'aisance
Je dors en paix, tout le monde est content.

RÉPONSE SUR LA SOTTISE D'AIMER.

Il faut de l'esprit pour charmer ;
On est sot dans l'insouciance ;
Celle qu'un sot veut désarmer,
Se moque de sa résistance ;
Ainsi d'un sot amour redoutant les forfaits
Vous vous oubliâtes Mirzile,
Pour vous le tendre amour sera toujours docile,
La sottise d'aimer n'existera jamais.

B 4

A MIRZILE.

PEINTURE DE L'AMOUR DU PREMIER AGE.

Au sortir du berceau, l'enfant que l'on caresse,
Du bonheur d'être aimé doit sentir le bienfait.
On vous tient dans les bras : on dit avec tendresse,
Pouvoir être aimé d'elle est un plaisir parfait.

Vos pas sont chancelans ; une main protectrice
Ecartant un danger, vous présage un bienfait,
Vous payez d'un sourire, et votre bienfaitrice
Reconnaît que l'amour est un bonheur parfait.

On vous dit aime-moi, vous répondez je t'aime ;
Vous montrez un desir qui précède un bienfait,
La tendresse en amour, n'étant que l'amour même
Convenez que l'amour est un bonheur parfait.

Vous aimez dès l'enfance et par cette habitude
Vous voyez que l'amour est le premier bienfait ;
Il est si naturel, qu'il ne faut point d'étude,
Qu'aimer pour les humains est le bonheur parfait.

ENVOI.

Mirzile on doit aimer, craindre l'insouciance,
Consultez votre cœur : l'amour est un bienfait.
Vous goûtez à présent l'amour de l'innocence,
Cet amour, croyez-moi, n'est point encor parfait.

L'AMANT SANS ESPÉRANCE.

AIR : *Si Pauline est dans l'indigence.*

Dès que l'amour vient à paraître,
Pour deux il double le bonheur ;
Pour deux ne formant qu'un seul être,
Pour deux il ne fait qu'un seul cœur ;
Pour deux il calme la souffrance,
Pour deux il allume ses feux ;
Mais aimer seul, sans espérance,
C'est aimer et souffrir pour deux.　　(*bis.*)

A deux on ne craint pas la haine,
A deux on craint moins les dangers,
A deux on ressent moins la peine,
Et tous les maux sont passagers ;
Mais seul montrer de la constance,
Mais seul brûler de mille feux,
Mais aimer seul, sans espérance,
C'est aimer et souffrir pour deux.　　(*bis.*)

B 5

Pour deux l'amour a pris naissance,
Pour deux il créa les desirs,
Pour denx il reçut la constance,
Pour deux il forma les plaisirs;
Pour vous il fit l'indifférence,
Et pour moi tous les maux affreux;
Aimant tout seul, sans espérance,
J'aime et je souffre pour nous deux. (*bis.*)

L'AMANTE INCONSOLABLE.

Adieu bonheur, plaisirs, adieu jours sans nuage
Les plus mortels ennuis deviennent mon partage.
Quel funeste moment ! pouvais-je le prévoir?
Qui n'a point mes chagrins ne peut les concevoir !
Favoris de Cythère, oh ! vous, dont le cœur tendre
Éprouve du bonheur tout ce qu'on peut attendre ;
Soutenez mon aspect : il vous paroît affreux
L'excès de mes chagrins le rend plus douloureux.
Le récit de mes maux doit paraître incroyable,
Armez-vous de courage, il me semble effroyable.

Sur les bords de la Seine, ivre d'un seul plaisir,
Je voyais chaque jour couronner mon desir;
Mon tuteur à mes vœux devenant seul contraire,
Eloigna le seul homme à qui je voulais plaire,
Qui, plus ingénieux pour tromper son rival,
Inventa du bonheur le fortuné signal,
Sut vaincre la nature et trouver la science,
Sous l'œil de mon argus, de prouver sa constance.
Il m'offrit un oiseau qui, mille fois par jour,
M'appelait, dans ses chants, sa belle ou son amour;

Tous ceux qui l'écoutaient, répétant son langage,
Du maître de mon cœur, me présentaient l'hommage;
Du plus sensible amant interprêtes nouveaux,
Ils parlaient comme lui sans être ses rivaux;
Me peignant les transports d'une amoureuse flamme,
Ils attisaient les feux qui dévoraient mon ame,
Ils excitaient ma joie, et leurs charmans discours
Présageaient les plaisirs des plus tendres amours.

PARLER de ces plaisirs, me cause un trouble extrême;
Elève mon esprit au-dessus de moi-même.
Vous, à qui je m'adresse et qui séchez vos pleurs,
Jugez, par mes plaisirs, l'excès de mes douleurs:

MON cœur séduit, charmé, par la moindre caresse,
Oubliait tout au monde excepté sa tendresse,
S'abandonnait, sans crainte, au plus doux sentiment,
Captivait mon esprit au nom de mon amant,
Souffrait de concevoir que celle qui soupire,
Conservât dans son sein ce que l'amour inspire;
Je pensais, je parlais, et voulant m'exprimer,
Je dépeignais cent fois tout le bonheur d'aimer;
Je voulais dire plus, je disais je t'adore:
Adorer un amant n'exprimait rien encore;
N'atteignant à mon but, la nature a ses droits,
Les amans fortunés doivent subir ses loix,

Elle prenait mes sens , et j'étais au supplice
De n'avoir point un mot qui peignit mon délice ;
Je pressais mon amant qui , plus victorieux ,
Jugeait de mes transports , s'il lisait dans mes yeux.
Les feux les plus ardens coloraient nos visages ,
Réveillaient nos desirs , échauffaient nos courages ;
Embrâsés l'un et l'autre et toujours plus charmés ,
Nos feux brûlans toujours , nous étions consumés.

D'un mortel inhumain redoutant l'inclémence ,
Nous rendions nos esprits aux loix de la prudence ;
Je rentrais sous le joug , espérant que l'amour,
Pour rafraîchir mes sens éloignerait le jour.
Le sommeil vainement approchait ma paupière ,
Et Phœbus , de la nuit terminant la carrière ,
Ne perçait point encore le plus léger réseau ,
Qu'il me voyait pensive et baisant mon oiseau ;
Chérissant moins en lui son aimable ramage ,
Que les traits de l'amant dont il m'offrait l'image.
Cette image flatteuse excitant le courroux
D'un argus insensé qui s'en montrait jaloux ;
Qui n'imaginait pas que , près de ma fenêtre ,
Un voile mis exprès n'avait rendu mon maître ,
Que ce petit oiseau , signal de mon bonheur ,
Pour ma félicité rappelait mon vainqueur.

Il sortait triomphant : encor toute ennivrée,
Le matin me trouvait pensant à la soirée ;
On entre, je regarde et sens frémir mon sein,
Je vois ouvrir la cage et cherche à quel dessein.
Hélas ! il va mourir, et l'outil d'une Parque,
Tranche de mon bonheur la plus certaine marque ;
Pour comble d'infortune, au nom de mes regrets,
On m'éloigne à l'instant du lieu de mes souhaits :
Par deux coursiers fougueux, doublant sa vigilance,
Mon vil persécuteur me ravit l'espérance.
Concevez mes tourmens depuis ce fatal jour,
Ce profane amoureux me peignait son amour.
Desirant m'échapper, il fallait le surprendre,
Je m'esquive à la fin sans qu'il puisse m'entendre,
Je reviens à Paris, oh ! funeste moment,
Les portes du tombeau s'ouvroient pour mon amant
Je l'appelle : à ma voix, il se ranime encore,
Et dit, en expirant, perfide je t'adore.
C'est à moi qu'il s'adresse ; oh ! le ciel irrité
Ne peut rendre le calme à mon cœur agité.
J'ai cru que ce récit adouciroit ma peine,
Vous pleurez sur mon sort, votre espérance est vaine :
Des maux que mon cœur souffre, on ne peut me guérir,
Je rejoins mon amant, je me plais à mourir.

TOUT LE TORT D'UN ABSENT,

OU L'HOMME TEL QU'IL EST.

AIR : *Oui, noir, mais pas si diable.*

SEXE que l'on tourmente
Ne sois point abattu ;
Que l'homme qui se vante
Par toi soit combattu.   (*bis.*)
S'il parle tous les jours
D'infidèles amours,
Sur la moindre parole,
Prouve qu'il se désole,
Que son esprit frivole
Fait, que c'est justement,
    Qu'il sent   (*bis.*)
Tout le tort (*bis*) d'un absent.

UN peu de résistance
L'amant devient époux,
Un mois de jouissance
Le rend grondeur, jaloux ;   (*bis.*)
Infidèle à sa foi
Il veut faire la loi,

Et, las d'être volage,
Il vient dans son ménage,
Prouver, par son tapage,
Que c'est bien justement, etc.

JADIS petit-perfide,
Un être à demi-vieux,
D'une Lucrèce avide
Devient très-amoureux ;   (*bis.*)
Il croit par de hauts faits
S'ennoblir à jamais,
Il manque à sa promesse,
Et bientôt sa faiblesse
Prouve par sa tristesse
Que c'est bien justement, etc.

UN amant à la mode
Descend de phaéton,
D'un Laïs commode
Il va prendre le ton ;   (*bis.*)
Frédonner un couplet
Voilà ce qui lui plait,
Sa voix qui n'est pas sûre,
Démentant sa parure,
Prouve, par sa nature,
Que c'est bien justement, etc.

JE crains la fin du monde
Au seul nom d'un mari,
Qui, du sexe qu'il fronde,
N'est pas le favori.   (*bis.*)
Je connois sa froideur,
Et crois que sans rigueur,
Certain mal nécessaire,
Pour le bien de la terre,
Prouve, la chose est claire,
Que c'est bien justement
  Qu'il sent   (*bis.*)
Tout le tort (*bis*) d'un absent.

TROP TÔT, TROP TARD.

VOYEZ-VOUS cette coquette,
  Bientôt,
Vous dites qu'elle s'apprête
  Trop tôt.
Aimez-là, le mariage
  Sans fard,
Vous montrera son visage
  Trop tard.

BILLET DE RECOMMANDATION

Adressé à une dame qui se plaignoit de l'ou-
vrage qu'elle avait donné à une ménagére.

Vous devez voir ma ménagère,
Ne lui montrez point de rigueur ;
C'est une ignorante étrangère,
Qui seule a causé son malheur.
Balitont casse une lunette,
Perdant un œil, marche au hasard ;
Une aide vient, mais la pauvrette
De son aiguille n'a point l'art.
Pardonnez la faible nature,
Balitont se plaignant du sort,
Promet, pour réparer son tort,
De ne plus lâcher sa couture.

PORTRAIT SANS ORIGINAL.

AIR : *Dans ce salon où du Poussin.*

DANS vos yeux je vois la fureur,
Votre bouche exprime la rage,
La haine existe en votre cœur,
Aux enfers manque votre image.
De mille démons incarnés
Vous offrez la peinture affreuse;
Tous les mortels infortunés,
Trouvent Célœno moins hideuse.

L'ANTI-GASTRONOME.

PARTISANS de Bacchus vous célébrez l'ivresse,
  Je veux vous en parler aussi ;
  Croyant qu'une liqueur traîtresse
  N'inspire point une allégresse
  Qui doive se nommer ainsi.

  VOTRE ivresse est un faux délire,
  Vidant dix bouteilles de vin
  Vous chercheriez tous en vain
  L'aimable ivresse qui m'inspire.
Fuyez loin de Legaque et dédaignez Véry,
  Souffrez du sort d'un gastronome,
  Une poularde, un bon rôti
  Ne peuvent captiver un homme.
  Le Malaga, le Frontignant,
  Le Champagne et le Perpignant
  Un seul instant flattent vos bouches ;
  Pour moi j'en aurais mille couches,
  Que s'il falloit faire un seul pas
  Je crois que je n'en boirais pas.

Chacun de vous sur moi raisonne,
Hausse l'épaule et me pardonne,
Se retourne, avec le desir
D'égaler Milon de Cretonne
Pour mieux me prouver son plaisir,
Et dans le transport qui l'anime
Ne craignant que la faculté,
Prend chez un Lucullus pour marquer son estime
Une indigestion, qu'il nomme volupté.
Souffrant avec un air affable,
Pouvant à peine ouvrir les yeux,
Sa muse adopte pour ses dieux
Le nouveau Lucullus aimable,
Et tous les plaisirs de sa table
Sans lesquels on n'est point heureux.
Heureux ! vous avez la colique,
Les maux que ressent votre cœur
Prouvent qu'une ivresse bachique
N'est pas celle du vrai bonheur.

COUPLETS A MIRZILE.

Un berger marchant sur ma trace
Vantait Mirzile avec raison,
Reconnaissant que rien n'efface
Le tendre objet de sa chanson ;
Il dédaignait ce qu'on honore,
Disant à chaque Déité :
On admire votre beauté,
Ce sont les vertus que j'adore.

Pour la pomme que je conserve
En vain Pallas, Vénus, Junon
Desirent que je les observe,
Je blâme leur prétention :
Tout le monde sait que j'abhore
L'orgueil, le vice et la fierté,
On peut admirer la beauté ;
Ce sont les vertus que j'adore.

Aglaé, Thalie, Euphrosine
Restez, restez près de Vénus,
La pomme que l'on vous destine
Sur terre ne se trouve plus :

Mirzile vous bannit encore ;
Sans compter l'amabilité,
En elle on trouve la beauté
Et mille vertus qu'on adore.

AIMABLES filles de Permesse
Inspirez-moi dans mes travaux,
Et pour mieux peindre ma tendresse
Daignez diriger mes pinceaux.
Rendez ma lyre plus sonnore,
L'amour chante la volupté,
Songez qu'admirant la beauté
Ce sont les vertus que j'adore.

MINERVE t'offrant son égide
Pour faire une ombre à mon tableau.
Permet à ton aimable guide
De faire entrevoir un défaut.
Ton amant plus épris encore
Aisément voit la vérité,
Et dit, admirant ta beauté,
Que pour tes vertus il t'adore.

LE FRÈRE ET LA SŒUR,

OU LES DESIRS DES TROIS AGES.

LA JEUNESSE.

JE voudrais bien devenir grand.,
Fut le desir de mon enfance ,
Arrivé dans l'adolescence
Autre souhait , nouveau tourment.
Un maître parle de férule ,
Je veux quitter le précepteur ,
Et près de moi j'entends ma sœur
Murmurer contre le scrupule.
Libres de parler sans témoin
Chacun de nous fait une plainte ,
Elle me prouve sa contrainte ,
Mes livres sautent dans un coin.
Heureux de les voir aussi loin ,
J'envois l'aiguille avec l'ouvrige
Joindre mes ennuyeux auteurs .
Nous croyons soulager nos cœurs ,
Nous plaignant de notre partage.

Mon

Mon précepteur est exigeant ,
Il gronde , aussi je le déteste ,
Ma sœur doute , et je lui proteste
Que je dois paraître indulgent.
Je le pense, alors , me dit-elle,
Moi je suis toujours en querelle
Avec ma bonne , et tu le vois,
Je tremble d'écouter sa voix.
Ces maux de notre adolescence ,
En nous font naître l'espérance ;
Je ressens de nouveaux desirs
Et cherche de nouveaux plaisirs ;
Mon ame aussitôt embrâsée ,
Trouve sur terre un Elysée.
Ma sœur, sur un léger propos ,
Se croit déesse de Paphos ;
Mars , qui depuis long-tems la guette,
Plait et charme par ses discours ;
La jeune reine des amours
D'un héros devient la sujette.
Volage , à ma belle inconstant ,
Un charme séducteur m'enchaîne ;
Si le desir au loin m'entraîne ,
Je n'y reste qu'un seul instant ,
L'amour m'éloigne, il me ramène ;

Je suis blessé de plusieurs traits,
Le premier seul a des attraits.
Heureux d'abjurer l'inconstance,
Je ne vois plus que ses travers.
Ennemi de l'indifférence,
La beauté me donne des fers.
Ma sœur de son côté s'engage,
L'hymen est aussi mon partage,
Satisfaits, pendant quelques jours,
L'un et l'autre, dans son ménage,
Retient les ris et les amours.

A D I E U charmes de notre enfance !
Adieu le tems des vrais plaisirs !
Adieu charmante adolescence !
La raison vient, par sa présence,
Exciter de nouveaux desirs.

L'AGE MUR.

E N C O R quelques jours de folie,
Mon frère, encor pour quelques jours,
J'ai droit d'enchaîner les amours,
Je suis fraîche et je suis jolie.
Tu peux convenir avec moi,
Que, l'hymen t'imposant sa loi,
Tu cherche le moyen de plaire ;
La sœur peut imiter le frère,
Je n'ai d'autre guide que toi.

Tu veux exciter d'une épouse,
L'humeur inquiète et jalouse,
Afin d'augmenter son ardeur.
Je tremble au seul mot de froideur;
Dans l'insipide indifférence,
Je feins de trouver le bonheur;
On redoute mon inconstance,
De-là naissent tous les desirs,
Qui sont les guides des plaisirs.
—Ma sœur, je vois ta main charmante
Caresser un aimable enfant,
Je m'apperçois qu'en cet instant
Ce plaisir séducteur t'enchante;
Tu semble prévoir ses besoins,
Tes baisers présagent tes soins.
—C'est vrai. Pourquoi ta lassitude?
Mon ami, j'en sais la raison :
Comme toi j'ai fait une étude,
J'ai reconnu que mes desirs,
Que ma folie et mon ivresse
Ne pouvaient charmer mes loisirs,
Que la source des vrais plaisirs,
Pour une mère est la tendresse.
Tu sais que tu guide ta sœur;
Tu parais aimer la richesse,

C 2

Tes fils seuls présens à ton cœur
Par elle arrivent au bonheur.
Une espérance aussi flatteuse
Me fait amasser pour mon fils,
Lui seul occupe mes esprits
Et son bonheur me rend heureuse.
—Conviens que mes soixante hivers
Paraissent écrits sur ma tête,
Te présagent une défaite
Dont tu sens déjà les revers.
Un nouveau sentiment t'inspire,
Tu renais dans ce rejeton
Qui galoppais sur le bâton
Dont je me sers et ne puis rire.
Ma sœur, tel que toi je desire,
Nous ferons encor bien des vœux.
Êtres chéris soyez heureux;
Le plaisir seul vous intéresse,
Jouissez de cette saison;
Un jour viendra que la raison
Guidera chez vous la sagesse.

LA VIEILLESSE.

Il faut terminer mes travaux,
Le tems le conseille et l'ordonne.

Hélas ! à des desirs nouveaux
Faudra-t-il que je m'abandonne.
Aimable enfant viens dans mes bras,
Ton père par moi peut survivre
Sans ma sœur qui vient de le suivre,
Je ne craindrais point le trépas:
Tout me retrace son image ;
Ma tombe s'ouvre, et mes enfans
A mon esprit toujours présens,
Ainsi que moi font le voyage ;
Il courent d'erreur en erreur ,
Ne voyant pas que le bonheur
Peut être voisin du naufrage.
Barque fragile où tout séduit ,
Où la raison trop tard nous luit ,
Où la sagesse n'est qu'un songe ,
Où le bonheur n'est qu'un mensonge,
Je te sens fléchir sous mes pas ;
Résiste , éloigne mon trépas.
Tu le promets , et ta promesse ,
En moi fait naître la sagesse.
Ma fille, approche , écoute-moi ;
Ma sœur n'est plus , privé d'un père ,
Que mon neveu reste avec toi ,
Sa présence t'est nécessaire :

Si quelque jour tu deviens mère,
Embrasse-le, c'est mon desir,
Resouviens-toi de son enfance;
Sa mère a connu le plaisir,
Et laisse dans l'adolescence
Un fils en butte à la douleur;
Prends exemple sur ce malheur.
Ah ! ma barque s'affaisse encore,
Approchez vîte; écoutez-vous ?
Mes fils vous regardez l'aurore,
Du tems redoutez le courroux :
Vous courez après la fortune,
Sachez en prendre le chemin,
La route n'en est pas commune,
Peu d'hommes en trouvent la fin.
Ma barque s'ouvre, et je puis dire,
On souffre dès que l'on soupire,
La douleur est un lot certain,
On se connaît et l'on desire
Un bonheur qui n'existe pas;
Ce n'est qu'aux portes du trépas
Que le tems prouve à la vieillesse,
Que le bonheur est la sagesse.

LE BOUQUET FILIAL,

*Chanté par Mlle. B***. le jour de la fête de sa
mère, dont elle est restée fille unique.*

Air : *Faisons ici défense expresse* (de Fanchon.)

LES soins, la tendre inquiétude
Pour moi savent t'électriser,
Donne sans te faire une étude
L'avis que précède un baiser ;   (bis.)
M'y conformer, je te le jure,
Est toujours ma première loi,
Parle : t'obéir est pour moi
Le plus beau don de la nature.   (bis.)

TU reconnais bien que l'on t'aime
Par tes amis, par tes parens,
Je m'apperçois que tu sais même
Captiver les indifférens ;   (bis.)
Si mon cœur jaloux en murmure,
C'est que de la commune loi,
Exprimant mon amour pour toi,
Je voudrais passer la nature.   (bis.)

PARDONNE l'excès de mon zèle,
Je n'ose en marquer le sujet,
Épanche ton ame fidèle,
Du tems annulle le trajet ;   (*bis.*)
Nous sommes en moi, je t'assure,
Réunis tous auprès de toi ;
Pensant que ton amour pour moi
Sait vaincre et passer la nature.   (*bis.*)

EST-IL besoin d'un interprête
Pour mieux te peindre mon amour ?
Pour moi, les momens de ta fête
Ne se bornent pas à ce jour ;   (*bis.*)
De la tendresse la plus pure
La nature t'acquit le droit ;
Mais songe qu'en amour pour toi
Mon cœur surpasse la nature.   (*bis.*)

RÉPONSE *sur le reproche qui m'était fait par ma mère de ne point lui faire de vers.*

Un amant fait pour sa maîtresse
Des couplets rimés sans raison ;
Un fils pour peindre sa tendresse
N'a point assez d'une chanson.
Son cœur reconnoît en sa mère
A chaque soin, chaque bonté ,
L'image du Dieu qu'il révère
Et même la réalité.

A MA MÈRE.

Mon seul vœu près de ma mère
C'est plaire ;
Je cherche près de Glicère
A plaire ;
Près des amis de mon père
Leur plaire ;
Est le vœu que je dois faire
Pour plaire.

C 5

LA PLUS A PLAINDRE,

ROMANCE.

AIR:

DOUCE et sensible tourterelle,
Rien ne calme votre douleur,
Si vous perdez l'objet fidelle
Qui sut mériter votre cœur.
La mort seule brise vos chaînes,
Elle seule vient vous guérir,
Et, mettant un terme à vos peines,
Pour toujours vient vous réunir.

VOTRE sort est digne d'envie,
Vous ne craignez qu'un seul instant;
Vous jouissez toute la vie,
Je passe la mienne en tremblant.
De mon amant je crains l'absence;
Oh! combien j'aime votre sort;
Je crains l'abandon, l'inconstance,
Vous n'appréhendez que la mort.

TOUT EST BIEN COMME IL EST.

Tout est bien comme il est.
Soit dit à qui parle des femmes,
Surtout au faiseur de portrait
Qui vient de nous peindre ces dames.
Penserait-on que ce railleur
Veut rendre le sexe meilleur ?
Il blâme une coquette
Qui cherche des amans,
Qui n'a d'autres tourmens
Que ceux de sa toilette ;
Il prétend exiger
Que toute femme soit fidèle ;
Et dit, que pour se corriger,
Il faut qu'elle reste cruelle.
Sexe aimable n'en croyez rien :
Cet homme est un fou, je l'assure ;
Depuis long-tems nous savons bien
Qu'on ne peut changer la nature.
Dites au faiseur de portrait
Tout est bien comme il est.

BEAUCOUP D'AMOUR

PEU DE RAISON.

AMANS qui voulez prendre femme,
Peu de raison, beaucoup d'amour,
Devant convenir à la dame,
Divisez la nuit et le jour.
Le jour, paraissez très-aimables,
Souffrez tout dans votre maison,
Sur tous les points soyez traitables,
Mettez l'amour à la raison.
La nuit changez de caractère,
Et turbulens à votre tour,
L'amour devenant votre affaire,
Que la raison cède à l'amour :
Vous reconnaîtrez qu'en ménage
Un mari doit, dans sa maison,
Avoir, avec un grand courage,
Beaucoup d'amour, peu de raison.

REMBOURSEMENT A FAIRE PAR MIRZILE.

MIRZILE ne plus vous écrire
Est une rigoureuse loi,
Je prétends dégager ma foi
Et suivre le Dieu qui m'inspire.
Dans mon cœur le plus tendre amour
Jette l'oubli de ma promesse,
Ne m'offrant la nuit et le jour
Qu'une image qui m'intéresse.
Partout je vois le même objet,
Partout mon cœur pense de même,
Partout c'est le même sujet
Qui me fait répéter que j'aime.
Flore variant ses couleurs
Se plaît à les rendre plus belles,
Mais, l'amour vous approchant d'elles,
Vous effacez toutes les fleurs.
On vous l'a dit, je le répette,
J'en appelle à plus d'un témoin,
Notamment à cette coquette,
Qui fut se cacher dans un coin,

Entendant un ami fidelle
Dire , par l'effet du hazard ,
Que la nature et non pas l'art
En vous a créé la plus belle.
Pour s'en convaincre il faut vous voir ;
Non , ce n'est point un badinage ,
Vous le reconnaîtrez , je gage ,
En consultant votre miroir.
Vous jugerez que dans mon ame
L'amour a mis votre portrait ,
Et que pour allumer ma flamme
Il ne lui fallut qu'un seul trait
Qui doit vous rendre débitrice
Envers le plus fidèle amant.
Mon compte n'étant point factice ,
Il me faut un remboursement ;
Et vous m'acquitterez, sans doute ,
Le droit de posséder mon cœur ;
Vous le paierez par mon bonheur ,
C'est le juste prix qu'il me coûte.

LUCAS ABANDONNÉ.

MA chère Lise vois mes larmes,
Viens mettre un terme à mon tourment;
Connais le pouvoir de tes charmes,
Connais l'amour de ton amant;
Mais c'est en vain que je soupire!
Je ne possède plus ton cœur,
Tu ne reviendras plus me dire,
Que de m'aimer est ton bonheur.

TOUJOURS ton image chérie
Me poursuit pendant mon sommeil;
Je te revois perfide amie,
Dès que je suis à mon réveil;
Dans ma cabanne solitaire,
Je vois écrit Lise et Lucas;
J'abhorre le jour qui m'éclaire,
Je vois Lise où Lise n'est pas.

AUSSITÔT que paraît l'aurore,
Je dis, plongé dans la douleur,
J'ai perdu celle que j'adore,
Il n'est plus pour moi de bonheur;

En vain je fuis : Lise infidelle
Partout s'offre à mon souvenir.
Amour ta blessure est cruelle,
Loin de Lise il me faut mourir.

VERS A Mme. H***,

A qui on avait donné un rosier, et des couplets
sur la pensée.

LA rose vous fut présentée
Comme emblême de vos couleurs ;
On vous a dit que la pensée
Vous retraçait à tous les cœurs ;
Je cherchais une fleur nouvelle
Qu'à la vertu je pusse offrir,
Flore, qui parut m'obéir,
Pour vous, fit naître une immortelle.

LETTRE A MIRZILE.

LE dieu qui me tourmente a-t-il dit pour jamais,
Que vous devez, Mirzile, exister dans la paix ?
Que l'enfant qui m'inspire, et dont vous êtes mère,
Doit, la nuit et le jour, me déclarer la guerre ?
Que je supporte seul une captivité,
Dont la chaîne me plait, plus que ma liberté ?
Que mes vers ?... Ecoutez, sur ce fait je m'arrête :
J'userai de mes droits, j'entends droits de poète ;
Le ciel pour m'accabler, me privant du bonheur,
D'avoir, par votre aveu, des droits sur votre cœur.
Je reviens à mes vers : l'amante que j'ai peinte,
Des flèches de l'amour, doit vous paraître atteinte.
Vous blâmez ses transports, et ne concevez pas,
Qu'elle se trouve heureuse aux portes du trépas.
Pour finir mon tableau, j'ai lu dans la nature,
J'ai consulté mon cœur, ma flamme est vive et pure,
Et j'ai bien reconnu que votre éloignement,
Aux bords de l'Achéron conduirait votre amant.
Ah ! pardonnez ce mot ; l'amour qui me l'inspire,
S'il le fallait, Mirzile, oui, j'aime à vous le dire,

Me verrait enchanté, me trouverait jaloux
Du bonheur de mourir, si je mourais pour vous.
  Je suis écervelé, vous plaignez ma démence,
Votre cœur est paisible au sein de l'innocence,
Et moi, séduit, charmé, je cherche le bonheur,
Je m'occupe de vous, je satisfais mon cœur,
Mes vers coulent sans peine, et mon plaisir extrême
Prouve que tout entier je suis à ce que j'aime !
Que l'ardeur qui m'embrâse, échauffe mes écrits,
Consume ma raison, dissipe mes esprits,
J'en accuse l'amour et je deviens paisible,
Flatté par le desir de vous rendre sensible ;
Ma plume agit pour moi, mon cœur dicte et ma main,
A chaque trait marqué, marque un trait dans mon sein,
Qui, pour n'être pas vu, n'a pas moins d'existence,
N'en témoigne pas moins qu'elle est mon espérance.
Combien votre captif aime, ah ! chérit ses fers,
Combien un mot de vous charmerait ses revers.
Qu'oubliant tout au monde, il cherche, il imagine
Ce que votre cœur pense, et ce qu'il lui destine,
Il s'abuse un instant, vous comblez tous ses vœux,
La raison vient, l'éclaire, il se croyait heureux ;
Je consulte ses vers, et je vois qu'il desire
Faire aspirer, par eux, tout l'amour qu'il respire.
Cet esclave, c'est moi, sa chaîne est mon bonheur,

J'en cherche le motif aux pieds de mon vainqueur;
Le trajet n'est pas long : c'est aux amans fidèles
Que l'amour, pour marcher, prète ou donne ses aîles,
M'en servant tous les jours , j'arrive à vos genoux;
Ma voix reste captive, et je suis près de vous.
Forcé de réfléchir, je crains si je raisonne ,
De ne voir pardonner ce que l'amour pardonne ,
Je suis tremblant , confus , je crains le moindre écart,
Je sais ce que je dois et d'amour et d'égard ,
J'interroge très-peu , je me tiens à la guette,
Si je parle d'amour c'est à votre interprête ;
Un regard souhaité m'inspire une terreur,
Qui me dit qu'un amant peut commettre une erreur;
Esclave intimidé je suis devant un maître ,
Je cherche dans ses yeux d'où mon malheur peut naître ,
Je ne suis point coupable, et voudrais réparer
La faute non commise où j'ai pu m'égarer.
Que je reste avec vous , mon embarras redouble ,
Je suis privé d'appui , je sens naître mon trouble ,
Je manque tout-à-coup d'usage et de maintien ;
Plus faible que l'enfant qui , perdant un soutien ,
Retrouve , par ses pleurs , une main protectrice :
Ma voix est égarée et mon cœur est novice.
Ce cœur ressent toujours le même sentiment,
Il s'exprime tout bas , doublant son mouvement ,

Je l'écoute, on revient ; vous seule pouvez rire ;
Je ne vous ai rien dit , j'avais trop à vous dire !
Tel fut l'instant heureux où craignant les témoins ,
J'aurais voulu , cent fois , vous témoigner mes soins ,
Où l'amour couronné , guidé par Therpsicore ,
Nous dit qu'avant l'hymen , c'est lui que l'on implore
Satisfait , enchanté , je veux hausser la voix ,
Obéir à Mirzile et demander ses loix ;
Mais , trop faible héros , cherchant une conquête ,
Je me trouve honteux de me voir en défaite ,
Laissant à concevoir , d'après mon beau discours ,
Qu'un amant n'est qu'un sot plaidant pour ses amours.

    EPARGNEZ ma faiblesse , devenez plus traitable ,
Vous aurez près de vous un être raisonnable ,
Qui saura vous parler , vous peindre son ardeur ,
Et qui n'est réfroidi que par votre froideur ,
Qui , du plaisir d'aimer , sent toute l'allégresse ,
Eprouve le transport , sans craindre la faiblesse ,
Qui , sans être jaloux , ne veut rien qu'ardemment ,
Et se croirait haï d'être aimé faiblement ;
Qui , s'il devenait roi , négligeant son empire ,
Déposerait le sceptre aux pieds de sa Zaïre ;
Qui laisserait le trône et deviendrait berger ,
S'il pouvait , avec vous , habiter un verger.
Qu'il deviendrait heureux ! une rose nouvelle

Offrirait, chaque jour, le portrait de sa belle;
De sa tige légère, éloignée avec soin,
Elle irait sur un sein qui n'en a pas besoin;
Votre amant satisfait, connaissant la nature,
Par la comparaison vous ferait une injure,
S'il osait dire un mot qui le fasse jouir
De voir que le dépit la fasse épanouir.

TELS sont mes sentimens : la peur de vous déplaire
Me fait, à volonté, changer de caractère;
Je n'ai d'ambition que pour votre bonheur;
Le but de mes desirs se fixe à votre cœur;
Je trahis mes secrets, pour vous ouvrir mon ame,
Et mon plus grand plaisir est l'ardeur qui m'enflamme.
J'écris ce que je pense et la nuit et le jour,
Croyant offrir les traits de ce qu'on nomme amour.
N'en demandez pas plus : je sais que je vous aime,
Pour définir l'amour, il faut être lui-même.

RIEN ET CHOSE.

COUPLETS *adressés à une demoiselle qui, sur la demande d'un sujet, répondit n'avoir rien.*

AIR : *Mesdames quel est votre mot ?*

On ne fait rien, dès qu'on a rien,
De rien je ferai quelque chose ;
Vous m'avez donné le mot rien,
Je dois vous donner autre chose ;
Une chanson n'est presque rien,
On sait que c'est fort peu de chose ;
Mais près de vous, qui ne dit rien,
N'en pense pas moins quelque chose.

COMBIEN de gens qui n'étaient rien,
Sont parvenus à quelque chose ?
Combien de maris, pour un rien,
Présume porter quelque chose ?
Combien de femmes, sur un rien,
Savent souvent dire de choses ?
Ainsi, vous voyez qu'avec rien,
On peut faire beaucoup de choses.

Le beau Lubin ne savait rien ,
Mais il desirait quelque chose ;
Annette, ne connaissant rien ,
Comme lui cherchait quelque chose ;
Un jour tout en ne disant rien ,
Ils se disaient beaucoup de choses ;
Un zig-zig-zag en moins de rien ,
Leur fit connaître bien des choses.

Vous ne répondez jamais rien ,
Vous savez bien sur quelle chose ,
Cependant je demande un rien
Qui pour Lubin fut peu de chose ,
Sur ce point ne m'accordant rien
Je vous demande une autre chose ,
Pour tous mes vers qui ne sont rien ,
Votre indulgence est quelque chose.

LE SOLLICITEUR.

Un solliciteur malheureux
Se plaignant d'une protectrice,
S'écriait que du sort affreux
Il sentait toute l'injustice.
J'ai soulevé, dit-il, des gens de chaque état,
La finance ou l'épée à moi ne se dérobe,
J'ai même en protecteurs des gens portant rabat.
Bon, lui dit un plaisant, tout plaideur sur le globe,
S'il prétend réussir, doit soulever la robe.

CONVENTIONS

CONVENTIONS *à faire avec ma belle-mère*
pour corriger ma femme.

QUI? moi, battre ma femme ?
Ah ! grands dieux, quelle horreur !
A Gros-Jean pour sa dame
Appartient cette erreur.
Près d'épouse jolie
C'est un mauvais moyen,
Donné, par calomnie,
Pour la conduire à bien.
Ce point est votre affaire,
Et je suis convenu
Pour ce qui reste à faire,
D'être fort retenu ;
J'obéis, sans mot dire,
A vos intentions ;
Mais il vous faut souscrire
A mes conventions.
Votre fille est sincère ;
Approuvant son amour,
Vous voulez sans mystère
Me la donner un jour ;

D

Vous répondez d'avance
Que sensible à ma voix,
D'éternelle constance
Elle suivra les lois ;
Non , pour l'homme volage ,
Qui se dit tendre amant ,
Mais pour moi qui m'engage
A l'aimer constamment ;
Elle sera docile
A mes moindres desirs ,
Sans être difficile
Sur le choix des plaisirs.
Entamons ce chapitre :
Je promets à mon tour ,
Lui montrer à quel titre
Elle obtient mon amour ;
Chose bien arrêtée ,
Que nul autre avant moi ,
A son ame agitée
N'aura donné de loi ;
Et que dame nature ,
Ne sait par quel effet ,
Son ordre de structure
Mène au bonheur parfait.
C'est vous dire , je pense ,

Que la virginité
Garanti sa constance,
Et la calamité
Qui rend femme rebelle,
Entendant tous les jours
Que la plus infidelle
Captive les amours.
Les hommes sont coupables
De cette folle erreur ;
Ils sont impardonnables
De vanter leur bonheur ;
Ils en sont les victimes
Et paient chèrement
Les titres trop sublimes
De volage et d'amant ;
Dès qu'hymen les enchaîne
Ils s'en mordent les doigts ,
Et leur plus grande peine
Est de veiller leurs droits ;
Ils craignent le profane
Qui ne respecte rien ,
Redoutant que l'on fane
Leur plus précieux bien ;
Ayant vu par leurs belles
Qu'à la plus tendre fleur ,

Zéphir prend d'un coup d'ailes
L'éclat et la fraîcheur.

    APPRENEZ où peut tendre
Tout ce raisonnement,
Tâchez de condescendre
A mon arrangement.
Votre fille est parfaite,
Mais nature a ses loix,
Au caprice sujette,
Entendra-t-elle ma voix ?
Sans un trop grand miracle
Je crains, en vérité,
De trouver un obstacle
A ma félicité ;
Quoique prenant épouse,
Je pense pour le moins
Qu'elle sera jalouse
D'approuver tous mes soins.
Comment faudra-t-il faire
Si, gagnant ses faveurs,
Elle croit que pour plaire,
J'excite ses douleurs ?
Dans ce moment pénible
Je pense comme vous,
Qu'il faudra, peu sensible,

Redoubler tous mes coups
Pour corriger ma femme.
Ce précepte est hardi,
Je ferai pour madame
Tout comme on me l'a dit;
Convenant, par clémence,
De savoir à-propos
Vaincre la résistance
Sans prendre de repos;
Et que, par la faiblesse,
N'étant point retenu,
J'emploirai mon adresse
Pour atteindre à mon but;
Certain, sans qu'on se fâche,
En redoublant mes coups,
De bien remplir ma tâche
Si j'entends quelques houfs !
Terminés, je l'espère,
Et suivant mes desirs,
Ainsi que doit se faire
Aie! aie! aie! en soupirs.
Un poète avec zèle
Ayant su m'informer,
Que corriger sa belle
N'était pas l'assommer.

A CE QUE J'AIME.

Si de t'aimer je m'occuppe sans cesse,
C'est que t'aimer est utile à mon cœur;
Qui peut t'aimer, obtenir ta tendresse,
Sent que t'aimer le conduit au bonheur.

On doit chérir l'amante que l'on aime,
De te chérir je me suis fais la loi;
Si te chérir devient ma loi suprême,
Pour te chérir qu'obtiendrai-je de toi?

Si de t'aimer, sans peine je m'engage,
De te chérir, paye-moi par ton cœur,
Pour t'adorer, tu pourras davantage;
De t'adorer mérite le bonheur.

L'AMOUR, AMANT DE MIRZILE.

L'Amour éloigné de sa mère,
    Voulait fixer son cœur,
Dans l'Olympe ainsi qu'à Cythère,
    Il cherchait le bonheur ;
Toujours, en vain, il consultait les Grâces,
    Matin et soir
    Il était sur leurs traces,
    Mais sans espoir.
Jupiter étant plus habile,
    Pour diriger son cœur,
Lui dit, t'éloignant de Mirzile,
    Tu vas loin du bonheur.
L'Amour descendit sur la terre
    Sans bandeau sur les yeux,
Et près de Chloé, sa bergère,
    Eut quelques jours heureux ;
Mais sur son sein, n'éprouvant point encore
    Charmes secrets,
Qui disent qu'on adore
    Et pour jamais.
A Jupiter il fut docile,
    Et consultant son cœur,

Il sentit que loin de Mirzile,
　　N'était point le bonheur.
L'Amour découvrant son image,
　　Près d'un cercle nombreux,
Croyait terminer son voyage
　　Et devenir heureux ;
Mais le caprice et la froide indolence,
　　Sur des tréteaux,
Au lieu de jouissance,
　　Causant des maux,
Il dit fuyons de cet asile
　　Où réside l'erreur,
Les vertus sont près de Mirzile,
　　Présageant le bonheur.
L'Amour entend nommer sa mère,
　　Il vole à ses genoux :
Mirzile, il voit que le mystère,
　　Le rapproche de vous.
Par ses baisers ; vous offrant son hommage,
　　Le dieu des ris,
Lassé d'être volage,
　　Reste à Paris.
Il dit, en voyant votre asile,
　　J'y fixerai mon cœur ;
Celui qui découvre Mirzile,
　　Est bien près du bonheur.

EPITRE A MA MUSE.

MUSE, pour un instant, daigne m'entretenir :
    Tu mérites que je te blâme ;
    Tu sais où je veux en venir,
    Tu ris de ta conduite infâme.
C'est porter un peu loin l'excès de ta rigueur ;
    J'existe sous ta dépendance ;
    Faudra-t-il, pour toute faveur,
    Rester soumis à ta puissance ?

    ATÔME du Permesse, il faut prendre un emploi,
Dans la société devenir plus affable ;
Je te l'ai déjà dit, ne compte pas sur moi,
Crains d'avoir par tes vers le sort du pauvre diable (1)
La chose est déjà faite, et le destin jaloux,
Inspirant Astrarot ou quelqu'un de sa race,
    M'a fait écrire un billet doux,
Dans lequel on disait : donnez-lui votre place,
    Monsieur, je m'intéresse à vous.

____

(1) Pièce de vers de Voltaire.

Tu dois t'en souvenir, la chose est positive,
Et si j'excite ton courroux,
C'est depuis que j'ai lu cette belle missive.
Tu me vois à présent occupé nuit et jour,
De te rendre à mes vœux un peu plus favorable,
Et sans ménagement, sans le moindre détour,
Tu me traites en misérable.
Mes beaux titres d'auteur et de fils de rentier,
Placent mon logement sur le cinquième étage,
Sans compter l'entresol surmonté du premier;
Ainsi, tu le vois bien, je suis du voisinage
Du dieu que l'on nomme Apollon,
Etant si proche du Permesse;
Pour monter le sacré vallon,
Il ne faut plus qu'un peu d'adresse.
Là, raillerie à part, tout en suivant ta loi,
Grace à mes faibles vers, ma détresse est complette,
S'il faut mourir de faim pour mieux vivre avec toi,
Depuis quatre ans passés, j'acquitte bien ma dette;
Que chacun ait son tour; plus d'un autre que moi,
De tes nombreux sujets, veut grossir la légende;
Permets qu'au second je descende,
Je serai toujours ton voisin,
Muse, alors pour que je t'entende,
Mon esprit ne fera qu'un peu plus de chemin.

Ne parle pas de ma faiblesse,
Ne fais point de comparaison ;
Si je manque de force, avec un peu d'adresse,
Je puis, avec le tems, enchaîner la raison.
          Je sais tout ce que tu vas dire ;
          Mes vers sont remplis de défauts ;
          Juvénal fait une satire,
          Tu vois écrire Despreaux,
Tu jettes un regard sur Racine et Voltaire,
Corneille et Fénélon sont inspirés par toi ;
          Tu cherches sur toute la terre,
Et ne vois que Delile obéir à ta loi ;
          Il faut, pour que tu sois propice,
          Prenant Minerve pour mentor,
Parcourir l'Univers avec le fils d'Ulisse.
Vaincre le fier Adraste et le sage Nestor.
          Il faut offrir à Melpomène
          Le fruit de pénibles travaux,
          Et ne présenter sur la scène,
          Que des vertus et des héros.
          Les Horaces et Nicomède,
          De l'ame montrent la grandeur,
          Andromaque ainsi que Tancrède,
Modèle des vertus, fait plaindre son malheur.
          Veut-on ne pas suivre ses traces ?
          Il faut, par de nobles accens,

Célébrer le guerrier couronné par les Grâces ,
L'ode faite avec art lui porte de l'encens (1).
L'un donne le précepte , un autre l'exécute,
Il chante la fortune , et victime du sort,
      Sa verve qui le persécute ,
Cause de son exil , est cause de sa mort.
Voilà de tes bontés la suite remarquable ;
Tu peux bien , quelquefois , accorder tes faveurs ;
      Mais ton caprice est redoutable ,
      Et l'on doit craindre les rigueurs,
      Si , par des vers ou de la prose,
      On sait inspirer les vertus,
      Sans donner une juste cause,
      Tous les avis sont combattus.
      En prose on aime votre stile ,
      Les vers ont un accord charmant ,
Et s'il n'a pas rimé, l'auteur le plus habile ,
Vous présente un poëme , et n'a fait qu'un roman ;
Une pièce au théâtre est le jeu du caprice,
Qui pourrait oublier , demandant son pardon ,
Eût-il droit de l'attendre avec toute justice,
Que Racine vivant, fut vaincu par Pradon ?
Evitez, avec soin, l'orage du partère,

---

(1) Boileau.

Attendrissez les cœurs au nom de l'amitié,
Vous entendrez bientôt un critique sévère,
Blâmer les sentimens de la douce pitié.

Muse, des procédés barbares
Sont le prix des plus grands travaux ;
On plaint le sort que tu prépares
A ceux qui n'ont point de rivaux.
Dans Cumès vainement, le chantre de la Grèce
Demanda l'hospitalité ;
Ses jours passés dans la tristesse,
Nous indiquent le prix de l'immortalité.
Aveugle malheureux, comme toi l'on peut vivre
Sans atteindre au sacré vallon.
Les jardins (1) sont chantés ! il faudra, pour te suivre,
Être inspiré par Apollon.

---

(1) Poëme de M. Delille,

LA CHOSE ET L'EFFET.

Jeune fille ignore une chose,
Mais elle en recherche l'effet ;
C'est à quinze ans que cette chose
Commence à produire un effet ;
L'amour montrant de cette chose,
La perspective et non l'effet,
Prouve qu'il faut sentir la chose,
Pour en bien concevoir l'effet.

MAMAN L'A PAS DIT,

ou

MAMAN L'A DIT.

MON cœur l'a dit, il faut que j'aime,
Mirzile, il ne pense qu'à vous,
Et je vous dis, sans stratagême,
Que c'est mon plaisir le plus doux.
Vous feignez de ne pas me croire,
Sachant que je vous obéis ;
Mais vous avez de la mémoire,
Vous retenez ce que je dis ;
Souvenez-vous que pour bien feindre,
Il faut avoir plus de quinze ans,
Tâchez de ne plus vous contraindre
Pour vos petits commandemens.
Mon tour doit venir, je l'espère,
Vous répondrez à mes desirs ;
Je promets, en amant sincère,
Ne commander que des plaisirs.

Aujourd'hui, comme un doux présage,
Je ne demande qu'un baiser ;
J'approche de votre visage,
Vous dites, pour me refuser,
Maman l'a pas dit : quel discours !
Ces mots favoris de Mirzile,
Prouve bien que, dans ses amours,
Elle n'est point encore habile ;
Mais il viendra l'instant heureux
Où son cœur, parlant de soi-même,
Sans crainte, conviendra qu'il aime ;
C'est à quoi tendent tous mes vœux.
Sur les baisers dont je dispose,
Je ne serai plus contredit
Alors !.... Je tais pour quelle chose,
L'Amour dira *maman l'a dit.*

COUPLETS *pour un mariage célébré à la municipalité, et dont la bénédiction à l'église fut remise à quinzaine.*

AIR : *Lise épouse l'beau Gernance.*

SUR la route de Cythère,
Amis, je ne croyais guère,
Que l'on dût à quinze jours
Fixer le tems des amours.
Dites par quelle aventure
Vous allez cahin, caha,
L'Amour ainsi qu'la nature
N'connaît pas ce chemin là.

DANS Paris, ah! quel prestige,
Vous allez faire un prodige
Qui surprendra les amans,
Sans augmenter leurs tourmens;
Chacune d'eux en aventure
Ne va pas cahin, caha:
L'Amour ainsi qu'la nature
N'connaît pas ce chemin là.

PLUS d'une femme , je gage ,
Vous dira qu'en son ménage ,
Le tems maître des époux
De son bonheur est jaloux ,
Qu'il fait que mainte aventure
Ne va que cahin, caha ;
Mais qu'l'amour ni la nature
N'connaît pas ce chemin là.

JE sais qu'un amant fidèle ,
Quinze jours près de sa belle ,
Attendit que son destin
Fut couronné par l'hymen ;
La suite de l'aventure
Ne fut pas cahin , caha ;
L'Amour ainsi qu'la nature
N'connaît pas ce chemin là.

L'AMOUR règne sur la France ,
Il vous donne une dispense ,
Portant un cachet d'état ,
Qui vaut celui d'un prélat ;
Pour finir votre aventure
N'allez pas cahin, caha :
L'Amour ainsi qu'la nature
N'connaît pas ce chemin là.

PROCÈS D'UN NOUVEAU GENRE,

*Qui me fut intenté sur les conventions que j'ai
voulu faire avec ma belle-mère.*

THÉMIS assemble ses sujets :
Le sexe a seul droit de présence
Pour juger le nouveau procès
Dont il doit prendre connaissance.
On voit dans l'assignation
Qu'un amant assez difficile
Projette la noire action
De battre une femme docile,
Et même il veut exiger
Le droit d'user toute sa force,
Afin de la mieux corriger.
Chose qui doit paraître atroce.

POUR son procès original,
L'accusé, contre son attente,
Voit arriver au tribunal
Une charmante présidente ;

Comme il lui présentoit la main ,
Pour la conduire près la porte ,
Il voit couverts de blanc satin
Quatre juges de même sorte ;
Ayant vu trois lustres au plus ,
J'en excepte la présidente ,
Qui , comptant six mois au-dessus ,
Paraissait la seule indulgente.
Taille élancée et faite autour ;
Mais par malheur pour le coupable ,
Croyant qu'en tout point, en amour ,
Battre sa femme , est condamnable.
Il sollicite vainement
Un témoignage d'indulgence ;
Sans vouloir calmer son tourment ,
Les juges vont à l'audience.
On y présente l'accusé ,
Qui voit à son accusatrice ,
Chacun des juges abusé ,
Offrir une main protectrice :
Ne comptant plus que sur la loi ,
Il mande une défenderesse ,
Qui puisse maintenir son droit
Dans le procès qui l'intéresse.

Dans l'acte d'accusation
On cherche à dégrader son ame ;
Et dans son assignation
Il a vu son grief infâme ;
Il cherche à lire dans les yeux
Si quelqu'espoir encor lui reste,
Et ne découvre dans tous lieux
Qu'un air d'un présage funeste ;
Ce qui redouble sa terreur,
C'est d'entendre que son adverse
L'accuse d'avoir mauvais cœur,
De n'être qu'une âme perverse ;
Évoquant le Dieu de l'hymen,
Et sa loi la plus rigoureuse,
Qui fixe comme un point certain
Qu'une épouse doit être heureuse.
Heureuse ! dit-elle, à l'instant
Vous l'avez lu, qui peut le croire ?
On tremble même en écoutant
Les projets d'une ame aussi noire.
Il veut, usant des droits d'époux,
Battre sa femme à toute outrance,
Et dit qu'il doublera les coups,
Afin de marquer sa clémence ;

S'appuyant d'un indigne auteur,
Qui permet de battre sa femme,
Il veut propager un malheur
Qu'en sous-main contre nous on trame.
Jugés, on sait votre équité,
Par un jugement exemplaire,
Montrez une sévérité
Qu'aujourd'hui de vous on espère.
Que deviendrait notre pouvoir;
Si, par une faible sentence,
Le criminel avait l'espoir
D'échapper à votre vengeance ?
Prononçant un arrêt fatal,
Vous gémirez : c'est votre usage;
Mais pour le salut général
Il faut laver un tel outrage.
Je conclus en sollicitant
L'exil de cet amant coupable,
Qui doit rougir en projettant
Un délit aussi condamnable.

On entendit quelque rumeur
Dans le centre de l'auditoire,
Ce qui témoignait son humeur
Sur ce qu'il avait peine à croire.

BIENTÔT un silence profond
Succède : et la défenderesse,
Au nom de l'accusé répond,
Employant toute son adresse.

JUGES, sans avoir consulté
Sur ce qu'on dit être un outrage,
Le sexe paraît insulté
N'ayant point conçu mon langage.

CRAIGNANT un hymen rigoureux,
Je voulais que ma belle-mère,
Avant d'en resserrer les nœuds,
Conuût ce que je voulais faire.
J'ai fait, de mes conventions,
L'acte sur lequel on m'implique,
Croyant toutes mes actions
Dignes de passer sans replique.
Je ne veux point être subtil ;
Je croirais faire une sottise
Si, par la crainte d'un exil,
Je pouvais manquer de franchise.
Oh ! juges, ne le craignez pas ;
Dussiez-vous être plus sévères,
Pour moi l'hymen n'aura d'appas
Que si ces chaînes sont légères.

Je veux que ma sincérité
Devant vous ait un libre usage,
Et dire sans être agité
Ce qu'il faut pour que je m'engage :
Je veux, j'exige et je prétends
Que mon épouse soit docile,
Et qu'en tous lieux, dans tous les tems
Mon bonheur soit chose facile.
Je déclare avoir résolu
De paraître même insensible,
Si, contre ce que j'ai voulu,
Je trouve un obstacle invincible ;
Certain que ma prospérité
Doit dépendre de mon adresse,
Et que pour ma félicité
Il faut n'avoir point de faiblesse ;
Qu'il vaut mieux redoubler les coups
Que de languir sans espérance,
Dussai-je entendre tous les oufs!
Des femmes qu'on corrige en France.
Je conclus, sans autre examen,
Que toute fille jeune et sage
Doit desirer que, pour l'hymen,
Mes volontés soient en usage.

Sans

Sans quoi , que deviendraient les cœurs ?
Ces cœurs faits pour aimer et plaire ?
Ces cœurs d'où naissent les faveurs
Que tout le genre humain espère !
Voilà le vrai bien général
Sur quoi dans ce jour je me fonde ;
Ce bien qui n'est point idéal ,
Ce bien utile à tout le monde ,
Ce bien connu pour le vrai bien
Qui fait aimer la sœur, le f ère,
Sans lequel serviraient à rien
Les beaux noms d'époux et de père.
Juges, songez que dans ce jour,
Me refusant votre suffrage ,
Vous pourriez offenser l'amour
Qui saurait venger son outrage.
Vous refusant ces nobles coups,
Ces coups utiles salutaires ,
Que nous devons porter sur vous,
Pour vous rendre les Dieux prospères ;
Ils ont le droit de l'exiger.
Telle est leur volonté suprême.
Si l'on ne peut vous corriger
Du seul défaut qu'en vous on aime,

E

Cupidon rompra son carquois,
Junon punissant votre injure,
L'hymen vous ravira ses lois,
Vénus reprendra sa ceinture ;
Et bientôt les tristes mortels,
Redoutant le courroux céleste ,
Anéantiront vos autels ,
En brûlerent le dernier reste.
Ne voyant plus dans la beauté
Une déesse qu'on adore ,
Mais une triste déité
Portant la boîte de Pandore ,
Sachant éveiller leurs desirs ,
Et près de la source fatale ,
Excitant la soif des desirs ,
Les tourmenter comme Tantale.
Ainsi pour calmer leur tourment,
Voyez comme un mal nécessaire,
Celui qu'un époux rarement
A le bonheur de pouvoir faire.
Juges, exaucez tous mes vœux,
Au nom de l'amour le plus tendre ;
Et je puis devenir heureux
Si vous aimez à me comprendre.

Après nos moyens entendus,
Compris du tribunal femelle ,
Sur les droits de leurs prétendus
J'ignore toute la querelle ;
Mais on n'osa dans cette cour
Prononcer aucune sentence ,
Concevant qu'un peu trop d'amour
Méritait beaucoup d'indulgence ;
Craignant de faire quelqu'erreur
Sur l'avis de la présidente ,
On a jugé pour mon malheur
Que la cause serait pendante.

COUPLETS POUR UNE MARIÉE.

Air : *C'est à mon maître en l'art de plaire.*

Jadis une femme incertaine ,
Entre son père et son époux ,
Ne voulant point rompre sa chaîne ,
D'Icare craignait le courroux ;
Elle a montré sans éloquence
L'esprit qui devait l'animer;
Elle a prouvé que le silence
Dit plus qu'on ne peut exprimer.

E 2

A m i s de l'époux qui m'engage
Combien je bénirai ce jour,
Si je puis avoir en partage
Et votre estime et votre amour.
Pour vous cherchez dans la nature
Le désir qui doit m'animer,
Par l'expression la plus pure
Je ne saurais vous l'exprimer.

Soutiens de ma timide enfance,
La raison me dit en ce jour
Que toute ma reconnaissance
Ne peut acquitter votre amour.
Quels mots pourraient faire comprendre
Combien je dois vous estimer ?
Hélas ! mon cœur me fait entendre
Plus que je ne puis exprimer.

ESQUISSE D'UN TEMPLE,

DÉDIÉE AUX ARTISTES.

SANS être un architecte on peut construire un temple,
Je vous offre le plan, imitez mon exemple ;
Concourons à-la-fois, rivaux, toujours amis,
Que Vitruve et son art nous paraissent soumis.
Laissons à l'ouvrier la truelle et l'équerre,
Négligeons un talent qu'avec peine il acquierre,
Il pourra sous nos yeux employer le ciseau,
C'est au peintre, à nous seuls à prendre le pinceau.

PRÈS d'Ibériacum (1) une plaine agréable
Devient par la victoire un séjour remarquable,
Je prendrai cet asyle, indiquant aux ligueurs
Qu'ils doivent de nos Dieux redouter les rigueurs ;
J'y placerai mon temple : ayant pu le construire,
Malheur aux insensés qui voudraient le détruire
Dans le cœur des Français par un enchantement,
Ils verront élever un plus beau monument.

---

(1) Yvry.

Du frère de Zéthus (1) sans posséder la lyre,
Chaque pierre à mon choix se place où je desire ;
La bâse est déjà faite et les murs élevés,
La voûte et ses appuis sont de même achevés.
On vient de terminer un superbe portique,
Cet art vient d'un héros, je le mets en pratique,
Tous les jours dans Paris, comme un autre je vois,
Des quais, des monumens s'élever à sa voix.

L'ARBITRE des combats, les neuf sœurs et Minerve
Consultent le destin que le sort leur réserve ;
Sur le haut du fronton, ils lisent dans ses mains,
L'arrêt que Jupiter montre à tous les humains.
« Napoléon respire et tous les arts prospèrent,
» Ses Codes sont d'un sage, les mortels le révèrent ; »
Muses, Mars et Minerve au néant réservés,
Dans le héros français seront tous conservés,

A gauche du portique on apperçoit les vices,
Ils rampent avec peine et guident les caprices,
Par le maître des Dieux ils sont tous foudroyés,
Les hommes qui les suivent paraissent effrayés.
A droite, les vertus nous offrent des modèles,
La gloire et les honneurs marchent à côté d'elles.
On lit en lettre d'or « nous avons des appas,
» Pour mériter un temple il faut suivre nos pas. »

____

(1) Amphion.

On connaît d'un seul mot tout ce que j'ai pu faire,
Visitons les côtés avant le sanctuaire.
La sculpture à nos yeux retrace mille horreurs,
Des fils dénaturés, vils dénonciateurs,
La discorde partout semble souffler la rage.
Sur l'innocent paisible on voit fondre l'orage,
Une étoile apparaît : le peuple qui rugit
Voit les traces du crime ; il s'étonne et rougit.

Dans un autre tableau j'apperçois la vengeance;
Le repentir l'éloigne et plane sur la France,
Il nous montre nos fils, qui devenus soldats,
Recherchent notre gloire et trouvent le trépas ;
Un regard les soutient : un héros invincible
Pour les encourager veut paraître insensible ;
La victoire est à lui, ce n'est point un succès,
Il pleure sa conquête et nous montre Dessaix.

Dans le second côté, nous voyons l'Angleterre
Excitant des héros, troublant toute la terre ;
L'airain qui retentit, à des coalisés,
Prouve que, sur des mots, ils se sont abusés.
De Mars qui les combat ils craignent la présence;
Il arrive : il se montre et prouve sa clémence,
Le vaincu désarmé paraît être vainqueur,
Et le prix de la paix est l'estime et l'honneur.

E. 4

La voûte, les plafonds, nous offrent des emblêmes ;
Les rois désabusés portent leurs diadêmes ;
L opprimé malheureux partout cherche un appui ,
Il desire un Alcide et voit plus grand que lui.
Toutes religions autour du sanctuaire
Réforment leurs abus , voient un jour prospère ;
La veuve et l'orphelin, par Thémis soutenus,
Sans réclamer leurs biens les ont tous obtenus.

Je m'arrête en ces lieux , je crains et je desire
Le tems.... vous m'écoutez. Oh ! ma parole expire.
Puissai-je encor long-tems voir l'aigle sur l'autel,
Son maître parmi nous devrait être immortel.

L'Europe qui l'honore, admire son exemple ,
Et sait que ses vertus lui méritent un temple,
Que s'emparer des cœurs par la prospérité ,
C'est prendre le chemin de l'immortalité.

L'ÉPOUSE ABANDONNÉE.

AIR *à faire.*

O toi que j'ai reçu pour maître,
Qui devait combler tous mes vœux,
D'amour se peut-il que les feux
Dans ton cœur n'ait jamais pu naître ?
Mon ame pour toi sans détour
T'a prouvé que tu sais me plaire,
Tu sais combien je suis sincère,
Et tu veux me ravir le jour,
Me privant de ton amour.

MON cœur reste surpris encore
De ces momens, où dans tes bras,
Concevant peu mon embarras,
Du bonheur je voyais l'aurore ;
T'écoutant sans craindre un détour
J'étais heureuse de te plaire,
Moi seule hélas ! étais sincère,
Je ne croyais pas qu'un seul jour
M'enleverait ton amour.

J'É sors, un cercle m'environne,
On reconnaît par ma rougeur
Que du souvenir du bonheur
Mon cœur ému, charmé s'étonne ;
Tu m'assures que sans détour
Ton seul plaisir est de me plaire,
Époux ingrat et peu sincère
Une autre a reçu, dès ce jour,
    Les sermens de ton amour.

    IVRE de ton ingratitude,
Hier tu te cachais si bien !
Aujourd'hui tu ne crains plus rien,
Mes pleurs coulent par habitude ;
Je souffre et je dis sans détour
Que je voudrais encor te plaire.
Reviens : je suis tendre et sincère,
Je n'aspire qu'à ton retour
    Pour te prouver mon amour.

    JEUNES filles que l'on engage,
Soyez plus heureuse que moi ;
Si l'amour vous donne sa loi,
Craignez un trompeur, un volage,
Si vous le perdiez sans retour

Vous, éprouveriez ma souffiance,
Sans égard pour votre constance
Il pourrait vous ravir le jour,
Vous privant de son amour.

SONNET ADRESSÉ AU DIGNITAIRES DE L'EMPIRE FRANÇAIS.

Vous, du char de Nicé, qui soutenez les rênes,
Fidéles compagnons du plus grand des héros,
Qui partagez sa gloire et ses nobles travaux,
Dont le guide à Cécrops (1) donna le nom d'Athènes.

Le siècle des exploits fait des recherches vaines ;
De Virgile et d'Horace il voudroit des rivaux
Dignes de célébrer des hommes sans égaux ;
Sous un nouvel Auguste ils auroient cent Mécènes !

Le Français vous honore, il vous doit le bonheur ;
Par vos soins généreux aidant son protecteur,
Vous augmentez vos droits à sa reconnaissance.

---

(1) Ville que l'auteur suppose avoir porté le nom de son fondateur avant que Minerve lui eût donné celui d'Athènes.

E. 6

Qui cherche à l'exprimer ne le pourra jamais,
Apollon dans ces vers n'auroit pas la puissance
De chanter vos talens, vos vertus, vos bienfaits.

***

A CATHERINE.

J'ai voulu réunir des fleurs
Dont les parfums puissent t'apprendre
Combien je goutte les douceurs,
Que sur mon sort tu sais répandre ;
N'en ceuillant qu'une, avec plaisir,
Pour chacun de tes dons te plaire,
Je n'ai pu combler mon desir,
Ma main n'étant point un parterre.

ÉPITAPHE

D'UNE JEUNE FILLE, RIVALE DE SA MÈRE.

L'AMOUR maître des cœurs,
Au mien se fit entendre ;
Le respect filial concentra mes douleurs.
Respectez mes vertus ; pour arroser ma cendre
Passans, versez les pleurs
Que je n'ai pu répandre.

LA ROSE ET CUPIDON.

CUPIDON voulut un instant
De l'homme avoir le caractère,
Pour une rose il fut constant,
Il espérait pouvoir lui plaire.
Charmé par la plus tendre fleur
Il fut presqu'un amant sensible,
Et fut surpris d'une rigueur
Qui pour lui parut inflexible.

Demain, disait-on chaque jour,
Demain je pourrai vous entendre;
Qui pourroit penser que l'amour
Eût la patience d'attendre ?
Mais au moment où son bonheur
Devait être sa récompense,
Il s'apperçut que par erreur
Il se livrait à la constance :
Courons, dit-il, vers les plaisirs.
Je suis l'enfant chéri des grâces;
Je vois de desirs en desirs
L'homme voltiger sur leurs traces.
Demain je reviendrai constant,
Demain je reverrai ma belle,
C'est ce qu'il promit en partant,
Craignant mille regrets loin d'elle.
La rose ne vît son destin
Qu'au moment où son cœur plus tendre
Sentit du jour au lendemain
Qu'il était dangereux d'attendre;
Reviens, disait-elle à l'amour,
J'approuve, je ressens ta flamme,
Si tu laisses passer le jour,
Elle consumera mon ame.
Ne le voyant pas revenir,

Elle sentit couler ses larmes ,
Et sut que pour le retenir
Il faut qu'il trouve quelques charmes.
Sans quoi courant de fleurs en fleurs ,
Il cherche la dernière éclose ,
Mettant un prix à ses faveurs
Plus grand qu'à celles de la rose.

R o s e s ! croyez à mes discours ;
Sachez prendre les infidèles ,
Souvenez-vous que les amours
Sont les ennemis des cruelles :
Que si vous dites à demain ,
Demain, la fleur nouvelle éclose,
Connaissant l'ordre du destin ,
Craindra de ne plus être rose.

VERS sur les conquêtes de S. M. L'EMPEREUR ET ROI, adressés aux Anglais.

As-tu droit de prétendre au partage des mers,
Orgueilleuse Albion ? N'est-ce pas une injure
Que de vouloir toi seule enchaîner l'univers
Et le priver des dons que lui fait la nature ?
Consulte le destin : les Dieux puissans t'ont dit
Qu'il est possible encor d'honorer ta mémoire,
Qu'il faut, à l'avenir, employer ton crédit ,
Pour assurer la paix , ton bonheur et ta gloire.

Les Dieux te l'ont prédit, j'ose le répéter :
Respecte leur pouvoir , redoute leur vengeance,
Reconnais que leur bras , tu n'en peux plus douter ,
Protége le héros, protecteur de la France.
Tremblante pour toi-même , au seul nom des Français,
Tu n'as, qu'un seul instant, retardé la victoire,
Et tu vois, aujourd'hui, qu'il faudra par la paix,
Assurer ton repos, ton bonheur et ta gloire.

PARLERAI-je des jours si fatals aux humains,
Ces jours remplis d'horreurs, qui furent ton ouvrage,
Où le fer moissonna les Russes, les Germains,
Ou du fils de Nicé tel était le langage :
Français, pour un seul but, je vous ai réunis,
Faites graver vos noms au temple de mémoire,
Vainqueurs sous les murs d'Ulm, aux plaines d'Aus-
                                        terlitz,
Pour obtenir la paix, courez à la victoire.

ELLE était obtenue, et chacun des soldats,
Dans son chef, son ami, reconnaissait un père,
Qui voit avec plaisir terminer les combats,
Qui, vainqueur en tous lieux, ne peut souffrir la guerre.
Tu le sais, Albion, déjà de toutes parts,
Le calme alloit régner ; satisfait de sa gloire,
Le héros des Français ployait ses étendards,
Et toi seule a voulu sa nouvelle victoire.

ARCOLE et Marengo te prouvent sa valeur ;
Depuis ces jours heureux, l'Italie est conquise,
Le Danube et la Sprée en ont vu le vainqueur ;
Il peut de la Liane aller à la Tamise.
Cessez de conjurer trop farouches Anglais,
Il en est tems encor conservez votre gloire,
Rendez à l'univers le repos et la paix,
Ou craignez de payer le prix de la victoire.

LA FEMME OBEISSANTE.

JEUNE épouse ayant de sa mère,
Le ton, les goûts, le caractère,
Eprise de l'amant qu'elle avait pour mari,
Sachant qu'il l'attendait sous un épais feuillage,
Voulait joindre son favori.
Favori d'une belle, on sait pour quel usage
Ce mot, par nous, fut inventé ;
C'est à bon droit que j'en dispose.
Mais je parle du mot, tandis que de la chose,
Le cœur de notre épouse était si tourmenté !
Soumise à l'extrême décence,
L'éloge d'un cercle nombreux,
Fatiguait plus sa patience,
Qu'il ne satisfaisait ses vœux.
Sa mère attentive et discrète,
Du tems passé gardait le souvenir,
Et plaisantait, par fois, d'une aimable cachette,
Qu'elle aimait à nommer le temple du plaisir.
Femme amoureuse use de son adresse.

La nôtre, invoquant les amours,
D'un père qui n'est plus, parlant de la tendresse,
Espérait, par son beau discours,
Arriver à son but, chose assez difficile ;
Mais l'amour ne doute de rien ;
Notre esprit sous ce guide habile,
En peu de tems fait beaucoup de chemin.
D'ailleurs l'hymen est nécessaire,
Et l'on sait qu'une tendre mère,
N'obéissant plus à ses lois,
A sa fille transmet des droits,
Qui ne sont pas pour ne rien faire.
Lui donnant des leçons, elle disait souvent,
Qu'une femme, toujours égale,
A toute heure, en tous lieux, devait suivre le vent
Qui conduit à bon port la barque conjugale,
Et secondait le nautonnier,
Qui, ce jour, par un vent propice,
A l'ombre d'un gros maronnier,
N'attendait plus que son novice ;
Ne sachant rien du rendez-vous,
Elle revient, par habitude,
Où l'attendait sa fille ; afin, dans l'avenir,
De pouvoir, à son tour, vanter la solitude,
Dont elle a fait un temple au maître du plaisir.

Quelqu'un dit à la mère : on aime à vous entendre
　　Retracer des momens si doux ;
　　On pense bien que votre époux,
Certain de votre cœur, ne dût pas les attendre.
Ne me plaisantez point, dit-elle en rougissant,
　　J'aurais tremblé de lui déplaire,
　　J'eus toujours auprès de son père,
　　Un caractère obéissant.
De l'esprit féminin jugez de la présence :
　　Sa fille, au même instant, lui repartit tout bas,
　　Eh bien ! ne m'arrêtez donc pas ?
Devant, à mon époux, la même obéissance ;
　　Je vais le joindre de ce pas.

L'ESPOIR TROMPÉ,

OU LES CONSEILS CONTRE L'AMOUR.

FACHEUX, cruel espoir, tu faisais mon bonheur,
Rien que ton souvenir réveille cette flamme,
Et ces feux dévorans dont la funeste ardeur
Anime les chagrins qui déchirent mon ame.
En butte à l'infortune, et me riant du sort,
J'espérais être aimé, je faisais tout pour plaire;
Mon cœur, avec l'amour, semblait être d'accord,
Pour me livrer, sans borne, à qui me désespère.
Aujourd'hui, le dirai-je, éloigné sans raison,
J'attends tout, mais en vain, du pouvoir de l'absence
Si je veux, de mon cœur, trouver la guérison.
Il faut que mon esprit se livre à l'apparence;
Que mon œil terne et fixe, inondé par les pleurs,
D'un objet adoré me retrace l'image;
Me trompe malgré moi, pour calmer des douleurs,
Qui, loin de s'adoucir, augmentent davantage
Par cette illusion nécessaire au mortel;
Succomber sous les maux qu'il endure,

Ne ressentant plus rien que le chagrin cruel,
Qui le rend insensible aux dons de la nature ;
Qui lui montre par-tout l'objet de son tourment ;
Qui, séduisant mon cœur, y jette quelques charmes ;
Sans alléger mes maux par cet enchantement
Qu'apporte le plaisir de répandre des larmes.
Plaisir délicieux ! m'échappant toutes fois,
Que d'heureux importuns, connoissant ma tendresse ,
Par de légers avis, dont ils me font des lois,
Pensent me soulager en m'accablant sans cesse.
L'un jouant l'infidèle , et captif en secret,
Se moquant de ma flamme, et sans vouloir m'entendre,
Par un rire affecté, dédaigneux , indiscret,
Raille ce qu'il éprouve et qu'il ne sait comprendre.
Un autre aussi fâcheux, n'ayant jamais aimé,
Me parle des chagrins qu'il sentit pour sa belle,
Me vante l'inconstance , et doit être charmé,
Si je puis quelque jour , le prendre pour modèle.
Un troisième survient : vengez-vous, me dit-il,
Oubliez ses vertus , inventez quelque crime,
Qu'un autre lui succède , et d'un fâcheux exil ,
Sachez vous faire honneur en la rendant victime.
Avant de conseiller, ont-ils connu l'amour ?
Ce tyran de nos cœurs, ce dieu rempli de charmes,
Que l'on voudrait bannir, qui nous plait chaque jour ,

Et semble désarmé par qui cède à ses armes ?
Ils ne l'ont point connu : ne sentant son pouvoir,
Ils ne présument point qu'un amant véritable,
Heureux ou malheureux, s'abandonne à l'espoir
D'être aimé pour toujours, ou de se rendre aimable.
A quoi sert leur répondre ? ils ne conçoivent pas
L'attrait qui me captive et qui fait mon délice,
Que l'on ne peut trouver, recherchant des appas,
Semblables à ces fleurs dont passe le caprice,
Que l'on aime un instant, dont l'éclat, la couleur
Attirent des regards qui toutes les parcourent,
Qui, se portant sur l'une et fixant sa fraîcheur,
Sont bientôt dissipés par celles qui l'entourent.
Pour l'homme indifférent tout plait, rien ne séduit;
Remarquant une femme, il est amoureux d'elle;
Il en rencontre une autre, et le charme est détruit;
La troisième se montre, il la trouve plus belle;
Vingt autres, à leur tour, sans le lui réclamer,
De ce nouveau Pâris, obtiendrait le suffrage,
Et des pauvres venus qu'il vient de proclamer,
Il attend un bonheur dont il se fait l'image.
C'est tout ce qui lui reste : il dira cependant,
J'ai cueilli ce matin, la plus charmante rose,
Je la conserve encore, elle est, en attendant,
La fleur que dès ce soir, j'aurai nouvelle éclose;

Et s'en l'aller chercher, s'il rencontre un ami,
Supportant tel que moi, les chagrins de l'absence,
Il doit les détourner, se livrant, comme lui,
Aux plaisirs imposteurs d'une sotte inconstance.
Tel est mon premier guide. Un fat arrive après,
Pour récapituler la grande et la petite,
Et la blonde ou la brune, avec tous les secrets
Reçus, rendus, trahis, qu'il me donne au plus vite.
L'orgueilleuse Thélide, aimable en sa hauteur,
Captive ses amans avec beaucoup d'adresse ;
La plaintive Chloë lève un œil langoureux,
Signe d'une défaite ou plutôt de sa gloire ;
Et la piquante Agathe, habile dans ses jeux,
Laisse, perd et reprend, ou cède la victoire.
Les noms et les secrets ne sont point épargnés.
Ce n'est pas tout encore : il a soin de me dire,
Par quels dons enchanteurs, les amans fortunés
Doivent, se fléchissant, conserver leur empire.
Je suis, me dit ce fat, souple dès qu'il faut,
Hardi sans me risquer ; priant avec instance,
Quittant pour revenir, et tout cela me vaut
La feinte d'un amour qui mène à l'inconstance ;
Esclave toujours libre à toutes les beautés,
Selon les rangs, les goûts, je sais rendre un hommage
Et mon cœur satisfait craint peu les cruautés,

Prix

Prix des beaux sentimens de l'homme qui s'engage ;
Que j'évite avec soin : certain qu'au nom d'amour
Tout le sexe trompeur dit le nôtre infidelle ;
Se moque d'un regard qui reste sans retour ;
Qui, loin de l'échauffer, glace une tendre belle.
Maîtrisons le hazard pour guider le plaisir ;
La beauté près de nous et tremblante et sensible
Tendra tous ses filets pour doubler un desir,
Que l'art du séducteur est de rendre sensible.
Si tu n'es point aimé, la faute vient de toi,
Tu ne t'es pas conduit en amant véritable,
Loin de montrer qu'amour t'avait donné sa loi,
Tu devais le cacher pour n'être qu'homme aimable ;
Fais valoir ta personne et montre de l'oubli,
Ne lâchant qu'un seul mot parle d'une conquête
Pour le dîner d'hier n'arrive qu'aujourd'hui,
Tu gagneras, crois moi, le cœur de ta coquette.
Choisis le caractère : aime-tu la grandeur ?
Prends une déité qui se croit sans égale,
Et qui, par amour propre, étouffe son ardeur
Pour cacher le dépit d'avoir une rivale.
Attaque avec courage : il faut pour être heureux,
Vaincre de la fierté, la vaine résistance ;
Cherche l'occasion ; (tu n'en auras pas deux
Si trop de mal-adresse éveille la prudence ;)

F

Ne va pas comme un sot tomber sur tes genoux ;
Pour atteindre à ton but fais ce dont on t'accuse,
Rien n'est si bon, si beau, qu'une femme en courroux ;
Dès que tu l'y verras, prends ce qu'on te refuse..
Pour avoir ton pardon, c'est le meilleur moyen.
Te voilà couronné ; regarde ta princesse :
Son œil est adouci, tu sens battre son sein,
L'amour de son vainqueur n'est point une faiblesse.
Tu dois bien le savoir, ce n'est pas d'aujourd'hui,
Que le sexe malin sait adopter l'usage,
Tout en nous disant non, de faire entendre oui
A ceux qui de l'amour conçoivent le langage.
Habile conquérant, devient captif et doux :
Une prude beauté par-fois est fort sévère,
Elle affecte un air simple, elle a le cœur jaloux,
Il faut pour l'obtenir posséder l'art de plaire ;
Vante bien ses attraits ; fais lui baisser les yeux ;
Les voyant relever, fixe les tiens sur elle :
Baisse-les à ton tour, sans paraître honteux ;
Fut-elle une vestale, agite sa prunelle :
Et tout le feu sacré que fit naître Numa,
Tu le sais, tel que moi, sans une grande adresse
Peut passer, aisément, de l'autel de Vesta
Sur l'autel de l'Amour pour y brûler sans cesse.
Une belle plaintive, au langage mordant,

Sur un ton satyrique, à son ame contrainte,
Permet de ces discours qui cachent l'accident
Et laissent entrevoir le motif de la plainte ;
Les hommes sont tous faux, traîtres et séducteurs,
Laisse filer sa phrase, écoute cette dame,
Pour donner un conseil contre les suborneurs ;
Du monstre qui la quitte elle hourdit la trame.
Desire-tu lui plaire ? ajoute à ses discours,
Contre l'ingratitude, injure sur injure,
D'un sexe malheureux adole les amours,
Et si tu n'en as pas, compose une aventure ;
Outre tous les motifs, forge un ardent transport,
Pour élever ton ame épuise la nature ;
Réservant les regrets pour mieux peindre la mort :
Terme des maux affreux que la victime endure.
Devenant peintre habile, utilise ton art,
Marque une émotion qui te rendra le maître,
Le lendemain matin, de te rendre, au plus tard,
Le digne remplaçant du plus indigne traître ;
De ton prédécesseur ne t'embarrasse pas ;
Sans être curieux marche où l'amour te guide :
La plaintive beauté te pressant dans ses bras
Te donnera le nom de son dernier perfide ;
Par les plus doux transports fais oublier ce nom ;
Te hâtant de jouir, songe bien que l'on pense

F 2

A se venger sur toi du détestable affront
Qu'aucune femme encor n'a laissé sans vengeance,
Enfin, mon cher ami, pour occuper ton cœur,
Remplacer sans retard une indolente ingrate,
Assurer ton repos, choisis pour ton bonheur
Une femme légère, et qui surtout éclate;
Qui gronde à tout propos; qui boude avec talent,
Te chasse, te rappelle, accepte, prend, abuse,
Donne ce qui lui sert, et d'un ton pétulent
Dit ce qui lui déplaît, l'affirme et le récuse,
Fait venir tous ses gens, consulte le miroir
Pour voir, sans regarder, si toute sa parure
Est digne de l'amant qu'elle veut recevoir;
Qui, venant pour souper, la rencontre en voiture;
La ramène au logis, espérant que l'amour
Va couronner sa flamme, et souffle d'un caprice
Qui, redoublant ses feux, retarde jusqu'au jour,
Un moment de plaisir qui devient un délice.
Peux-tu rester chagrin, ennuyeux et pensif
Auprès d'un caractère aussi léger qu'aimable?
Qui ne permettant pas de rester inactif,
Cherche tous les moyens de se rendre adorable?
Crois-moi, si, de ton cœur, tu veux la guérison,
Prends, pour guide en amour, une aimable folie;
Elle te servira bien mieux que la raison

Inutile, en tout tems, près de femme jolie.
Adieu mon beau rêveur, mon langoureux amant,
Je vais rire de toi, de ta flamme immortelle,
Que l'on ne croira point, si ton enterrement
N'atteste, à tous les yeux, qu'elle fut éternelle.
Je vais joindre Lucile, et veux, avant ce soir,
Prévenir mon Agathe, Aglaé, Célimène
D'aller à l'opéra dire que l'on peut voir
Un amant sans pareil, un nouveau phénomène;
Je dois le déclarer, je suis un homme heureux;
Je n'avais, pour ce jour, pas un seul mot à dire,
Et je puis à présent, par un fait curieux,
Exciter les éclats des gens qui veulent rire.

M'OFFRANT du ridicule un fidèle tableau,
Cet heureux Céladon va couronner des grâces,
Près de qui son amour, loin d'avoir un flambeau,
Ne porte qu'une torche éloignant de ses traces,
Sur lesquelles encore il voudrait m'attacher,
Chassant le souvenir de la crainte mortelle,
Qu'un bonheur apparent, qui force à se cacher,
Laisse avec le regret et sa suite cruelle;
Mille fois plus affreux, pour qui doit le souffrir,
Que celui qui m'accable, et qu'à bon droit j'affronte,
N'ayant aucun sujet qui me fasse rougir,

F 3

Si par hazard un sot veut exciter ma honte.
Mais hélas! on le sait, trop souvent la douleur
Assiége les vertus et dédaigne les crimes,
Laissant au repentir à déchirer le cœur,
Victime par ses maux de ses propres victimes;
Partage du méchant, qui voudrait m'engager
A remplacer l'amour par l'horrible vengeance,
Et dont le fol exemple, au lieu d'encourager,
Excite le mépris et force le silence.
Me taîre est mon devoir, je le dis sans détour,
J'écarte du méchant la moindre allégorie;
Quelqu'autre, sur mes pas, connaissant mon amour,
Pourrait réaliser ma triste rêverie;
Ou par ces mots légers, cachant la trahison,
Avoir soin de m'offrir pour l'exemple fidelle
D'un de ces malheureux immolés sans raison,
Pour venir à l'appui d'une haine réelle.
Ce serait un outrage, il n'est pas mérité;
C'est à moi de le dire, et même j'en fais gloire,
Par l'ombre d'un défaut, mon esprit agité,
Ne peut de ce que j'aime, obscurcir la mémoire.
Que ne puis-je oublier la cause de mon mal!
Mais possédant un cœur, c'est la chose impossible,
Il faudrait l'enlever avec le trait fatal.
Lancé par les vertus qui me rendent sensible;

Que j'aime à regretter, dont je sens le pouvoir,
Qui plaisent sans effort, charment sans y prétendre,
Et sans offrir des fers, captivent, sans le voir,
L'homme aimant un plaisir que je pouvais attendre,
Qui me fuit pour jamais ; qu'un autre plus heureux,
Peut mériter un jour, si le sort favorable
Le juge digne, hélas ! pour combler tous ses vœux,
De chérir, d'adorer une femme adorable.
On apprendra de lui, que mon juste regret,
De ses jours fortunés, était l'heureux présage,
Qu'il conçoit mes chagrins, privé du tendre objet,
Dont je pus espérer un bonheur sans nuage.

LA GENTILLESSE.

J'AIME beaucoup la gentillesse
Fille de la naïveté,
Je suis ami de la gaîté
Que je mène avec politesse.
Si, par hasard, très-poliment,
Fillette avec joli corsage
Servant de buste à ce visage,
Qui sert de guide à l'enjoûment
Veut rejetter ma politesse,
Et paraît perdre sa gaîté,
Je crois que sa naïveté
N'est qu'une simple gentillesse.

ENCOURAGÉ par ses discours,
J'approche ma main de la sienne,
Doucement elle fuit la mienne
Qui sait connaître ses détours.
La prendre étant chose facile,
Je la presse tout doucement.
Et, dirigeant un œil habile,
De mon cœur je peinds le tourment,

Je redouble ma politesse,
Et reconnais, par la gaîté,
Que l'air de la naïveté
N'est qu'une simple gentillesse.

Lᴀ main que j'attire vers moi
Semble s'écarter de ma bouche,
Mais aussitôt que je la touche
J'acquitte ce que je lui doi ;
Pour mériter plus d'indulgence,
Je feinds de voir un embarras
Qui fait que doucement j'avance
Pour soutenir un joli bras,
Les charmes de ma politesse
Font pardonner à ma gaîté
Avec l'air de naïveté,
Qui n'est que simple gentillesse.

Cᴇ bras dont je suis le soutien
Par sa foiblesse m'encourage,
A me rapprocher du corsage
Dont je sens palpiter le sein.
On voudroit devenir cruelle,
On ne peut s'éloigner de moi,
Qui ne peux laisser une belle
En butte aux peines de l'effroi.

Certain que cette politesse,
Qui doit lui rendre sa gaîté,
Prouve que la naïveté
N'est qu'une simple gentillesse.

VOYANT les plus légers contours,
Mes yeux fixés vers le corsage,
Découvrent sous un faible ombrage
Deux boutons nés pour les amours ;
On se fâche, parce que j'ose
Porter, pour combler mon desir
Sur le calice de la rose ,
Deux baisers doublant mon plaisir.
Me grondant de ma politesse ,
On laisse voir par sa gaîté
Que l'air de la naïveté
N'est qu'une simple gentillesse.

DÈS que l'on peut avoir la main ,
Que du bras on sent la faiblesse ,
On doit penser que la tendresse
Fait seule palpiter le sein.
Comme la tendresse dispose
A satisfaire nos desirs ,
Fille laisse cueillir sa rose
Avec le plus grand des plaisirs ;

(131)

Nous quittant de ces politesses
Qui refroidissent la gaîté,
Réservant la naïveté
Qui fait naître nos gentillesses.

FEMMES, filles, maris, amans,
Enfin vous que l'amour engage,
Qui semblez craindre son langage,
Ou qui goûtez ses sentimens,
Prenant, donnant rose jolie ;
Amis des plaisirs séducteurs,
Suivez de l'aimable folie
Tous les préludes enchanteurs,
Faites-vous de ces politesses
Où l'on voit briller la gaîté,
Prenant l'air de naïveté
Qui fait doubler les gentillesses.

ROMANCE.

AIR : *Triste raison.*

DE la raison l'amour détruit l'empire,
Ce dieu malin m'obéït à son tour,
Vous paraissez, mon cœur tout bas soupire,
Tout mon pouvoir est détruit par l'amour.

SI la raison me prescrit la tendresse,
De ma tendresse il me faut un retour,
Et je conçois que la plus douce ivresse
Serait sans vous détruite par l'amour.

PAR la raison, si mon cœur se dégage,
Je crois vous fuir et je prends un détour;
Ce fol espoir, cédant à votre image,
Fuyant mon cœur, est détruit par l'amour.

DE ma raison le fruit est l'espérance;
Et mon bonheur est dans votre retour;
Vous le savez, c'est en votre présence,
Que mes chagrins sont détruits par l'amour.

QUESTION

SUR LES COINS ET LES CHEVILLES
DE LA NÉCESSITÉ.

Je crois que la nécessité
Sous le rapport mythologique,
Comme dans la société,
Exige la même logique.
Sans exciter votre courroux ;
Mesdames et messieurs, vous aussi jeunes filles,
Je voudrais bien savoir pour vous
Où l'on met ses grands coins et ses longues chevilles.

Mes chers amis vous sentez bien
Qu'une fille de la fortune
Ne doit jamais manquer de rien.
D'après cette règle commune,
Coins et chevilles ont leurs trous ;
Mesdames et messieurs, vous aussi jeunes filles,
Il faut j'apprenne par vous
Où l'on met ces grands coins et ces longues chevilles.

ALLONS, par grace instruisez-moi !
Trop d'égoïsme est condamnable ;
J'interroge de bonne-foi
Mon ignorance est pardonnable !
Ne pouvant découvrir ces trous
Mesdames et messieurs, vous aussi jeunes filles,
Je soupçonnerai qu'entre vous ,
Vous cachez ces grands coins et ces longues chevilles.

LES GLOS GLOS, GLOUX-GLOUX, GLOS-GLOS,

Chanson de table pour un jour de mariage.

JE veux célébrer l'ivresse
Que nous donne le plaisir,
Qui de la vive tendresse
Doit réveiller le desir.
Il faut dans cette journée,
Bon buveur et bon amant,
Sur la coupe d'hymenée,
Chasser tout raisonnement.
Que chacun à son goût j'âse
Dans le grand, le petit vase,
Les glos-glos, gloux-gloux, glos-glos
Doivent couler à grands flots.

HÉBÉ fut une déesse
Dont je vois l'intention,
Je crois que sa mal-adresse
Fut une adroite action.
Sa chûte n'est qu'un remède,
Lors inconnu dans les Cieux,

Pour laisser à Ganimède
Verser le nectar des Dieux ;
Se réservant les rasades
Des cinquante Thespiades,
Les glos-glos, gloux-gloux, glos-glos
Ont dû couler à grands flots.

Je ne suis point un indigne,
Mais je sais que le Seigneur
A fait planter une vigne
Par Noë, l'agriculteur ;
Tâchons d'avoir plus d'adresse,
Et plantons à notre tour,
Nous saurons que par l'ivresse,
Le Ciel indiqua l'amour.
Le raisin n'est qu'une amorce,
Son jus donnant de la force,
Les glos-glos, gloux-gloux, glos-glos
Doivent couler à grands flots.

Deucalion sur la terre,
Restant seul avec Pyrrha,
Je ne crois pas qu'une pierre
Fît ce qu'on dit et dira.
Ce couple heureux, je le pense,
Dont l'esprit fut paternel,

Pour nous donner l'existence,
Prit le chemin naturel ;
Je crois et je suis bon juge,
Que par suite du déluge
Les glos-glos, gloux-gloux, glos-glos
Ont dû couler à grands flots.

D E S premiers vainqueurs du monde,
On nous vante les succès ;
Les nations, à la ronde,
Imiteront les Français ;
Ils recherchent la tendresse,
Ils chérissent la beauté,
Et chacun d'eux, pour déesse,
Adopte la volupté.
Enfin, qui voudra les suivre,
Apprendra que pour bien vivre,
Les glos-glos, gloux-gloux, glos-glos
Doivent couler à grands flots.

ENVOI AU MARIÉ.

Q u ' i l fut heureux Roquelaure,
En deux mois, dans sa maison,
On dit qu'hymen vit éclore
Des fleurs avant la saison.

Sans pouvoir suivre sa trace,
Vous nous ferez souvenir,
Que la fleur qui nous remplace,
Peut seule nous rajeunir;
Et sans les eaux de Jouvence,
Prouvez-nous par votre enfance,
Que les gloux gloux, les glos-glos
Ont dû couler à grands flots.

TABLE.

www.ingramcontent.com/pod-product-compliance
Ingram Content Group UK Ltd.
Pitfield, Milton Keynes, MK11 3LW, UK
UKHW021228140726
13695UKWH00002B/835